한국명작동시마을
박두순 • 엮음

가슴에 시의 보석을 지니게

박 두 순

좋은 시를 만나는 것은 향기로운 꽃을 대하는 것과도 같아, 기쁘고 즐겁습니다. 반갑고 행복하기까지 합니다. 좋은 시를 읽을 땐 아름다움에 잠길 수 있습니다.

〈한국명작동시마을〉은 이런 까닭에서 엮어졌습니다. 좋은 시가 있음을 알리고, 함께 읽자는 뜻입니다.

감동적인 시를 읽게 되면 그 시들이 마음에 살아 언제나 녹슬지 않는 울림으로 남아 있게 됩니다. 마음이 향기를 품게 되고 향기에 젖습니다. 메마른 마음의 천이 촉촉히 물기를 머금게 됩니다.

이 책에 실린 110편의 시들은 월간 〈아동문예〉에 92년부터 2년 넘게 연재되었던 명작들입니다.

우리의 동시가 참다운 태깔을 갖추어 나타난 때인 1920년대로부터 1980년까지에 거두어진 것들 중에서 가려 뽑은 것입니다.

따라서 우리의 동시가 자라 온 발자취를 더듬어 보며 감상할 수 있으리라고 봅니다.

시를 사랑하는 것은 마음의 창고에 보석을 쌓는 일입니다. 그리고 그 보석을 닦는 일입니다. 가슴에 시가 머물면 그 가슴에서 새 소리가 들릴 것이며, 꽃향기가 날 것입니다.

오늘 날 우리의 마음밭이 날로 메말라 가고 있다는 얘기가 많이 들립니다. 말이 거칠어져 가고 있다고 합니다. 좋은 말은 덧셈하고 나쁜 말은 뺄셈하자고 아무리 외쳐도 바로잡기 힘듭니다.

이런 때일수록 꿈과 아름다움이 듬뿍 담긴 시를 읽어 마음 기름지게 가꾸어야 합니다. 마음의 창을 닦아야 됩니다. 이런 바람으로 이 명작 동시집이 엮어졌습니다.

최남선 · *12* · 해(海)에게서 소년에게

방정환 · *15* · 형제별

김소월 · *16* · 엄마야 누나야

서덕출 · *17* · 봄편지

윤극영 · *18* · 반달

윤석중 · *20* · 옹달샘

김동환 · *22* · 산 너머 남촌에는

한인현 · *24* · 섬집 아기

권태응 · *25* · 떠나 보고야

이주홍 · *26* · 풍선

이원수 · *27* · 솔방울

한정동 · *28* · 갈잎 피리

이병기 · *30* · 별

최순애 · *31* · 오빠 생각

정지용 · *32* · 해바라기 씨

강소천 · *34* · 조그만 하늘

유치환 · *36* · 꽃

김광섭 · *37* · 저녁에

박경종 · *38* · 무지개

박목월 · *40* · 차순갈

장수철 · *42* · 강물

김영일 · *44* · 노랑 나비

김현승 · *46* · 나무

장만영 · *48* · 온실

박두진 · *50* · 돌아오는 길

권오순 · *51* · 구슬비

윤동주 · *52* · 귀뚜라미와 나와

조지훈 · *53* · 달밤

김광균 · *54* · 언덕

김상옥 · *55* · 외갓집

박남수 · *56* · 우리 집

임인수 · *57* · 별초롱 꿈초롱

이호우 · *58* · 살구꽃 핀 마을

최계락 · *59* · 편지

박홍근 · *60* · 구공탄

박화목 · *62* · 창

김요섭 · *64* · 오월의 역

어효선 · *66* · 봄바람이

박인술 · *67* · 어머니

홍은순 · *68* · 시골집

이종택 · *70* · 그렇다마다

이종기 · *72* · 약속

김동극 · *74* · 땅 뺏기

석용원 · *76* · 어린이 공화국

황금찬 · *78* · 엄마가 죽으면

박성룡 · *80* · 풀잎

유경환 · *82* · 빗방울

조유로 · *84* · 그래요 그래서

박경용 · *86* · 지도 속에서

김사림 · *88* · 꽃비

정완영 · *89* · 분이네 살구나무

박용렬 · *90* · 고요·18

신현득 · *92* · 엄마라는 나무

김종상 · *94* · 어머니

전정남 · *96* · 강·5

이희철 · *98* · 가을이 오나 보다

이오덕 · *100* · 새와 산

김원기 · *101* · 과일

이상현 · *102* · 아랫목

문삼석 · *104* · 이른 봄 들에서

엄기원 · *106* · 병아리

이 탄 · *108* · 아버지의 안경

허동인 · *110* · 돌담

박종현 · *112* · 달밤

정진채 · *114* · 바닷가에서

오규원 · *116* · 씨앗은 씨방에 넣어 보관하고

오순택 · *118* · 봄비

최춘해 · *120* · 시계가 셈을 세면

제해만 · *122* · 창가에서

김완기 · *124* · 신작로

김녹촌 · *126* · 들국화

이해인 · *128* · 별을 보며

선 용 · *130* · 옥수수

김구연 · *132* · 키를 잰다

이준관 · *133* · 길을 가다

임교순 · *134* · 방울꽃

권오훈 · *135* · 유리창

김종영 · *136* · 아침

하청호 · *138* · 생각

황베드로 · *140* · 노을

김재수 · *142* · 겨울 아침

노원호 · *144* · 바다를 담은 일기장

김원석 · *146* · 초록빛 바람이…

이상교 · *148* · 이른 봄에

권오삼 · *150* · 발

전원범 · *152* · 종이꽃의 기도

김종두 · *154* · 섬 마을

함종억 · *156* · 나무 밑에서

최도규 · *158* · 골이 깊은 산

윤이현 · *160* · 가을 소년

박두순 · *162* · 새들을 위해

공재동 · *164* · 들에서

이무일 · *166* · 조약돌

남진원 · *167* · 어머니

정석영 · *168* · 호수

신갑선 · *170* · 꽃이 내게로 와서

최만조 · *172* · 늦가을

허호석 · *174* · 산길

정혜진 · *176* · 내 가슴엔

정용원 · *177* · 까치 집

손광세 · *178* · 나무들이

손동연 · *180* · 맑은 날

김진광 · *182* · 옥수수밭에 가면

권명희 · *184* · 아이들 곁에서

권영상 · *186* · 바늘귀

박 일 · *188* · 해와 꽃

박성만 · *190* · 겨울 햇살

정두리 · *192* · 가을은

강현호 · *194* · 봄비

이창건 · *195* · 풀씨를 위해

해 (海) 에게서 소년에게

최 남 선

처얼썩 처얼썩 척 쏴아.
때린다, 부순다, 무너 버린다.
태산 같은 높은 뫼 집채 같은 바윗돌이나
요것이 무어야 요게 무어야
나의 큰힘 아느냐 모르느냐 호통까지 하면서
때린다 부순다 무너 버린다.
처얼썩 처얼썩 척 추르릉 콱.

처얼썩 처얼썩 척 쏴아.
내게는 아무 것 두려움 없어
육지에서 아무리 힘과 권리 부리던 자라도
내 앞에 와서는 꼼짝 못하고
아무리 큰 물건도 내게는 행세하지 못하네
내게는 내게는 나의 앞에는.
처얼썩 처얼썩 척 추르릉 콱.

처얼썩 처얼썩 척 쏴아.
나에게 절하지 아니한 자가
지금까지 없거든 통기하고 나서 보아라.
진시황 나폴레옹 너희들이냐?
누구 누구 누구냐 너희 역시 내게는 굽히도다.
나하고 겨룰 이 있건 오너라.
처얼썩 처얼썩 척 추르릉 콱.

처얼썩 처얼썩 척 쏴아.
조그만 산모퉁일 의지하거나
좁쌀 같은 작은 섬 손뼉만한 땅을 가지고
그 속에 있어서 영악한 체를
부리면서 나 혼자 거룩하다 하는 자
이리 좀 오너라 나를 보아라.
처얼썩 처얼썩 척 추르릉 콱.

처얼썩 처얼썩 척 쏴아!
나의 짝 될 이는 하나 있도다.
크고 길고 너르게 뒤덮은 바 저 푸른 하늘.
저것은 우리와 틀림이 없어
적은 시비 적은 싸움 온갖 모든 더러운 것 없도다.
저 따위 세상에 저 사람처럼.
처얼썩 처얼썩 척 추르릉 콱.

처얼썩 처얼썩 척 쏴아.
저 세상 저 사람 모두 미우나
그 중에서 똑 하나 사랑하는 일이 있으니
담 크고 순정한 소년들이
재롱처럼 귀엽게 나의 품에 와서 안김이로다.
오너라 소년들 입맞춰 주마.
처얼썩 처얼썩 척 추르릉 콱.

최남선 (1890~1957)

서울에서 태어남. 호는 육당. 일본 와세다 대학에서 공부함. 신문학 운동의 선구자로 1908년 잡지 〈소년〉을 창간했다. 특히 3.1독립운동 때 독립선언서를 기초했다.

지은 책으로 시조집 〈백팔번뇌〉와 역사책 〈조선 역사〉〈조선 상식〉등이 있다.

감상 : 이 시는 우리나라 자유시이자 창작동시로서 첫번째 작품이다. 지은이는 나라의 힘을 소년에게 기대라는 뜻에서 〈소년〉이라는 창간호의 머리시로 이 시를 실었다.

이 시는 소년의 뜻이 힘, 권력, 오만한 자, 진시황, 나폴레옹 같은 영웅들을 겁내지 않는 파도처럼 커야 한다는 것을 말하고 있다. 그러나 '담 크고 순정한 소년'을 제일로 여기고 있다.

형제별

방 정 환

날 저무는 하늘에
별이 삼형제

반짝반짝
정답게 지내이더니

웬일인지 별 하나
보이지 않고

남은 별이 둘이서
눈물 흘린다.

방정환(1899~1931)
　아동문학가. 호는 소파. 서울에서 태어남. 한국아동문화운동의 선구자이기도 하다. 일본 동양대학 철학과 졸업. 1923년 〈색동회〉를 조직했다.
　한국 최초의 순수 아동지 〈어린이〉를 1923년에 창간했다. 〈새싹회〉에서 〈소파상〉을 제정, 해마다 시상하고 있다. 주요 작품으로 〈가을 밤〉〈 귀뚜라미〉를 남겼다.

　감상 : 1922년에 씌어진 작품으로, 곡이 붙여져 널리 불렸다.
　우리 나라가 일본에 빼앗기고 난 다음 국운이 기운 것을 '날 저무는 하늘'에 비유했다.
　그 하늘에 별 삼 형제는 누굴까? 그 별들은 서로 의지하고 정답게 지었는데, 하나가 온 데 간 데 없이 사라진 것이다. 아마 독립 운동이나 일제 탄압으로 목숨을 잃은 사람일지도 모른다.

엄마야 누나야

김 소 월

엄마야
누나야
강변 살자.

뜰에는 반짝이는
금모래 빛
뒷문 밖에는
갈잎의 노래.

엄마야
누나야
강변 살자.

김소월 (1902~1934)

시인. 평북 구성에서 태어남. 오산중학부, 배제고보를 거쳐 동경 상대 중퇴, 오산 학교 때 시인 은사 김억 선생의 영향을 받았다.

민족 시인으로 민요적 정서가 스민 〈진달래꽃〉〈산유화〉등 많은 작품을 남겼다. 지은 책으로 시집 〈진달래꽃〉이 있다.

감상 : 7.5조의 동요이면서 훌륭한 동시이다. 소박한 소망을 노래하고 있다. 뜰에는 햇빛에 반짝이는 모래가 있고, 뒷문 밖에는 갈대들이 바람결에 서걱이는 곳에 살고 싶다는 소망이다.

그곳은 맑은 바람과 깨끗한 공기, 눈부신 햇빛과 금모래가 펼쳐진 강변이다. 거기엔 장난감이나 요란한 놀이 기구가 없어도 좋다. 오늘날 차량의 소음과 온갖 공해 속에 사는 도시 어린이들을 위한 노래도 되겠다.

봄편지

서 덕 출

연못 가에 새로 핀
버들잎을 따서요,

우표 한 장 붙여서
강남으로 보내면,

작년에 간 제비가
푸른 편지 보고요

조선 봄이 그리워
다시 찾아 옵니다.

서덕출(1906~1940)

　동요 작가로 경남 울산에서 태어났다. 어려서 다리 불구로 가정에서 독학했다. 결혼 후(1934) 1년 동안 신경통으로 고생하다 세상을 떠났다.

　1925년 「어린이」지에 〈봄편지〉를 발표, 문단에 나왔다. 그후 70여 편의 동요를 발표했다. 그의 60회 생일날인 1968년 10월 3일 울산 학성공원에 '봄편지' 노래비가 세워졌다. 저서로 유고 시집 〈봄편지〉가 있다.

감상 : 일제에 나라를 빼앗긴 조국의 어둡고 답답함과 민족적 쓰라림을 겪고 있는 겨레에게 희망을 바라보게 한 동요다. '조선 봄이 그리워/다시 찾아옵니다'가 그것을 말해 준다.

　그러니까 이 작품은 마지막 연 때문에 씌어진 것이라고 봐도 좋겠다.

　이 동요는 유고 시집 〈봄편지〉에 실렸으며, 〈봄편지〉는 동생　서수인에 의해 엮어졌다.

반 달

윤 극 영

푸른 하늘 은하수
하얀 쪽배엔
계수나무 한 나무
토끼 한 마리.

돛대도 아니 달고
삿대도 없이
가기도 잘도 간다.
서쪽 나라로,

은하수를 건너서
구름 나라로
구름 나라 지나선
어디로 가나.

멀리서 반짝반짝
비치는 건
샛별 등대란다,
길을 찾아라.

윤극영 (1903~1988)

동요 작가 및 동요 작곡가, 아동문화 운동가. 생전에 반달할아버지로 불렸다. 서울에서 태어남. 경성법학전문학교 중퇴. 동경 음악 학교에서 성악 전공.

1924년 동요 단체 〈다알리아회〉를 조직해 활동. 〈색동회〉 회장을 지내고 제1회 〈소파상〉 받음. 동요 작곡에 힘씀.

지은 책으로 동요 작곡집 〈반달〉 〈윤극영 111곡집〉 등이 있다.

감상 : 7.5조의 이 동요는 1924년에 지어졌다. 이 작품은 맏누님이 돌아가셨다는 슬픈 소식을 듣고 너무 서러워 하늘을 바라보며 지어 곡을 붙였다고 한다.

당시 일제에 나라를 빼앗긴 우리 겨레와 민족에 반달을 비유, 감동시켜 널리 번지게 되었다.

이 동요는 이제 하나의 민요가 되어 오늘날도 널리 불리고 있다. 우리 민족의 애창곡이라 하겠다.

옹달샘

윤 석 중

깊은 산속 옹달샘
누가 와서 먹나요?

새벽에 토끼가
눈 비비고 일어나
세수하러 왔다가
물만 먹고 가지요.

맑고 맑은 옹달샘
누가 와서 먹나요?

달밤에 노루가
숨바꼭질하다가
목마르면 달려와
얼른 먹고 가지요.

윤석중(1911~   )
　서울에서 태어남. 일본 상지대학에서 신문학 전공. 1924년 〈신소년〉과 〈어린이〉에 동요 입선. 〈소학생〉등 많은 잡지·신문·출판 일을 맡아봄.
　1956년 〈새싹회〉 조직, 〈소파상〉〈장한 어머니상〉을 제정해 시상함.
　〈3·1문화상 본상〉〈막사이사이상〉〈대한민국문학상〉 받음. 지은책으로 〈윤석중 동요집〉등 많다.

감상：깊고 깊은 산속에 옹달샘이 하나 있다. 그런데 그 옹달샘엔 사람의 그림자가 한번도 비친 적이 없다.
　그래도 항상 맑고 달디단 옹달샘물은 솟아오르고 넘쳐서 졸졸졸 소리까지 내며 흐른다.
　이런 생각은 우리 어린이들만이 상상할 수 있는 아름답고 깨끗함이다.

산 너머 남촌에는
김 동 환

1

산너머 남촌에는 누가 살길래
해마다 봄바람이 남으로 오네.

꽃피는 사월이면 진달래 향기
밀 익는 5월이면 보리 내음새.

어느것 한가진들 실어 안 오리
남촌서 남풍 불제 나는 좋데나.

2

산 너머 남촌에는 누가 살길래
저 하늘 저 빛깔이 저리 고울까.

금잔디 너른 벌엔 호랑나비떼
버들밭 실개천엔 종달새 노래.

어느것 한가진들 실어 안 오리
남촌서 남풍 불제 나는 좋데나.

김동환(1901~ ?)
시인. 호는 파인. 함경북도 경성에서 태어남. 일본 동양대학 문과 수료.
1924년 첫 시집 〈국경의 밤〉을 펴냄으로써 문단에 나왔다. 〈국경의 밤〉
은 우리나라 최초의 서사시다. 일제의 강압 밑에 억눌린 민족의 슬픔을 노
래한 작품이다.
〈동아일보〉와 〈조선일보〉 기자를 지냈으며, 6.25때 북으로 끌려가 생사
를 알 수 없다. 대표작은 〈국경의 밤〉〈북청 물장수〉 등.

감상 : 이 시는 노래로 작곡되어 한때 널리 불렸다. 남쪽 나라에 대한 짙
은 그리움이 깔려 있는 시다. 시를 쓴 시인의 고향이 북쪽이어서리라.
남쪽에서 봄바람이 불어 온다. 그 바람에 진달래 향기와 보리 냄새가 실
려와 좋다. 남쪽이 진달래꽃이 먼저 피고 보리가 익기 때문이다.
남쪽 하늘 빛도 곱다. 호랑나비떼와 종달새 노래도 봄바람 따라 남쪽에
서 온다. 그래서 남풍만 불면 좋다.

섬집 아기

한인현

엄마가 섬 그늘에 굴 따러 가면,
아기는 혼자 남아 집을 보다가
바다가 불러주는 자장 노래에,
스르르 팔을 베고 잠이 듭니다.

아기는 잠을 곤히 자고 있지만,
갈매기 울음 소리 맘이 설레어
다 못 찬 굴 바구니 머리에 이고,
엄마는 모랫길을 달려 옵니다.

한인현 (1920~1969)
동시인. 교육자. 함남 원산에서 태어나, 함흥사범학교와 건국대를 졸업했으며, 서울의 은석국민학교 교장과 한국글짓기 지도회 회장을 지냈다.
1923년 무렵 〈아이생활〉 〈어린이〉지에 동요를 발표함으로써 동요·동시를 쓰기 시작했다.
저서로 동요·동시집 〈민들레〉 푸른 교실〉 등이 있으며, 대표작은 동요 '섬집 아기'.

감상 : 7.5조의 동요로, 외딴 섬집의 생활을 그린 동시에 어머니의 사랑을 노래했다. 특히 '다 못 찬 굴바구니 머리에 이고' 달려 온다는 구절에서 뭉클한 감동을 받는다.
혼자 집에 있는 아기가 혹시나 무슨 일이라도 있을까봐 마음이 놓이지 않아 미처 채워지지 않은 굴바구니를 이고 모랫길을 걱정에 휩싸여 바삐 오는 까닭에서다.

떠나 보고야

권 태 응

멀리 떠나보고야 알았습니다.
어머니 품, 가슴이 그리운 것을.

멀리 떠나보고야 알았습니다.
오막살이 내 집이 그리운 것을.

멀리 떠나보고야 알았습니다.
내 고향 옛 동무 그리운 것을.

권태응(1918~1951)

　동요 작가. 충북 충주에서 태어나, 경성제일고보를 거쳐 일본 와세다대학 정경과 수학을 수학했다.

　일제에 의해 1년간 옥중 생활한 후 폐결핵으로 대학을 포기하고, 동요를 많이 썼으나 결국 폐결핵으로 숨졌다.

　1968년 충주 탄금대에 동요 '감자꽃'을 새긴 권태응 노래비가 세워졌다. 저서로 〈감자꽃〉이 있다.

　감상 : 7.5조로 짜여진 동시. 고향집을 떠나 본 사람은 전에 느껴 보지 못하던 갖가지 그리움에 사로잡히게 된다.

　그것이 어머니요, 내 집이요, 고향 동무다. 어머니의 품이 그렇게 그리울 수 없고, 가난한 오막살이지만 그 집이 그립고, 같이 뛰놀던 고향 동무들이 보고 싶은 것이다.

　사람이 커가면서 느끼는 아름다운 정이 이런 것임을 이 동시는 일깨워 준다.

풍 선

이 주 홍

더 크게 더 크게
불어봐 애 풍선
난 터져도
겁이 안나 애

그렇지만 속으로
쬐끔은 겁이 나.

더 크게 더 크게
불어봐 애 풍선
난 터져도
겁이 안나 애

그렇지만 속으로
쬐끔은 겁이 나.

이주홍 (1966~1987)
　　동요·동시인. 소설가. 경남 합천에서 태어나, 국민학교 졸업 후 한학을
공부했다. 해방 후 고등학교 교사를 거쳐 부산 수산대학 교수를 지냈다
1925년 〈신소년〉에 첫 동화 '뱀새끼의 무도'를 발표, 활동을 시작했다. 대
한민국 예술원상(1979)과 대한민국 문학상(아동문학 부문) 본상(1984) 수
상했다. 1981년 이주홍 아동문학상이 제정됐다. 저서로 〈못나도 울 엄마〉등

감상 : 웃음이 슬며시 나오게 하는 시다. 풍선을 크게 불어 보라면서, 겉
으로는 겁내는 모습을 보이지 않지만, 속으론 겁을 내는 표정이 눈에 보이
는 듯해서다.
　　풍선을 부는 어린이 모습이 눈에 환히 떠오른다. 풍선이 터질까봐 겁을
내면서도 크게 부는 어린이, 그것은 곧 동심의 세계다. 이 시는 1연과 3
연, 2연과 4연이 똑같아 단순하지만 재미있다.

솔방울

이 원 수

소나무는 자라서 어른이 돼도
솔방울을 갖고 노네, 아기 장난감.

바람이 불어 올 때 흔들어 보고
아이들이 놀러 올 때 떨구어 보고.

소나무는 늙어서 점잖아져도
솔방울을 갖고 노네, 아기 장난감.

솔방울을 주우면 높은 가지가
우후후후 혼자서 웃고 있었네.

이원수(1911~1981)

아동문학가, 시인. 경남 양산군에서 태어나 마산 상업학교를 졸업했다. 경기 고등학교 교사 등을 지냈다.

1925년 국민학교 6학년 때 〈어린이〉 잡지에 우리 나라에 가장 널리 불리는 동요 〈고향의 봄〉이 당선, 문단에 나왔다.

저서로 동요 동시집 〈종달새〉〈빨간 열매〉와 동화집 〈숲속의 나라〉〈파란 구슬〉 등 많다.

감상 : 소나무에 달린 솔방울을 보고 어린이들 노는 모습을 상상해서 쓴 시다. 솔방울은 시골 아이들의 좋은 장난감이 되기 때문에 이런 시가 씌어졌다.

어른 소나무도 마치 아이들처럼 솔방울을 흔들어 보고, 떨구어 본다. 그러면서 아이들이 솔방울을 주워 가면 즐거워 우후후후 웃는다고 했다.

이것은 바람이 불 때 소나무 가지가 소리를 내고 솔방울이 흔들리며 떨어지는 것을 이처럼 재미있게 쓴 것이다.

갈잎 피리

한 정 동

그 누가 부는지요
갈잎의 피리.

사람은 안 보이고
강 건너 저편

이따금 파란 물결
남실거리면

오라구 가라군지
갈새가 운다.

강가엔 아지랑이
졸고 있는데

그 누가 부는지요
갈잎의 피리.

　한정동 (1894~1976)
　동요・동시인. 평남 강서 출생. 초・중・고등학교 교사 생활 25년, 기자
로도 활동.
　1926년 〈동아일보〉신춘문예에 '따오기' 등이 당선되어 문단에 나옴. '따
오기'는 동요로 작곡되어 널리 불리고 있다.
　1969년 한정동 아동문학상이 제정되었다. 저서로 동시집 〈갈잎피리〉〈꿈
으로 가는 길〉 등이 있다.

　감상 : 6연 12행의 정형 동시다. 7.5조로 이루어져 있다.
　아지랑이가 졸고 있는 봄의 강가, 누가 부는지 모르지만, 강 건너 저편
에서 갈잎의 피리 소리가 들리고 그 피리 소리에 섞이어 우는 갈새의 울음
소리가 들린다. 그림 같은 정경이다.
　아늑한 분위기에 절로 젖어들게 하는 시다. 가락이 있어 읽는 데도 무척
부드럽다.

별

이 병 기

바람이 서늘도 하여 뜰 앞에 나섰더니,
서산 머리에 하늘은 구름을 벗어나고
산뜻한 초사흘 달이 별과 함께 나오더라.

달은 넘어가고 별만 서로 반짝인다.
저 별은 뉘 별이며 내 별 또한 어느 게오.
잠자코 홀로 서서 별을 헤어 보노라.

이병기 (1891~1968)
　시조 시인. 전북 익산에서 태어남. 호는 가람. 한성사범학교를 졸업했다
국민학교 교사와 서울대 교수, 학술원 회원을 지냈다.
　〈동광〉지에 1927년 시조 〈고향으로 돌아갑시다〉를 발표, 문단에 나왔다.
대상의 신선한 감각과 묘사로써 현대 시조의 새로운 경지를 열었다.　지은
책으로 〈가람 시조집〉 등 많다.

감상 : 따져 말하자면 이 시는 현대 시조다. 별을 보면서 느끼는　마음을
노래했다. 별이 곱게 뜬 밤 하늘을 그렸다.
　첫째 수는 초가을 시원한 바람을 쐬러 뜰에 나와 산뜻한 달과 별을 보고
있는 광경이고, 둘째 수는 달이 넘어가자 남은 별을 헤어 보고 있는　모습
이다.
　옛날부터 별은 하나하나가 주인이 있다고 했었다. 그래서 말없이 별을 헤
어 보고 있는 것이다. 정겨운 장면이다.

오빠 생각

최 순 애

뜸북뜸북 뜸북새 논에서 울고
뻐꾹뻐꾹 뻐꾹새 숲에서 울 제
우리 오빠 말 타고 서울 가시며
비단 구두 사 가지고 오신다더니

기럭기럭 기러기 북에서 오고
귀뚤귀뚤 귀뚜라미 슬피 울건만
서울 가신 오빠는 소식도 없고
나뭇잎만 우수수 떨어집니다.

최순애(1914~   )
  동요 작가. 경기도 수원에서 태어났다. 1927년 〈어린이〉지에 동요 〈오빠
생각〉을 발표, 문단에 나왔다.
  이후 윤석중, 이원수, 서덕출님들과 활동하며, 동요 〈그림자〉 〈우산 모
자〉 등을 발표했다.
  1936년 〈고향의 봄〉을 쓴 이원수와 결혼했다. 주요 작품으로 〈낙엽〉 등
이 있다.

감상 : 노래로도 오래 전부터 널리 불리워오던 동요로 유명하다.
  그리움(기다림)이 이 노래의 주제다. 오빠에 대한 그리움(기다림)이다.
비단 구두를 사 가지고 오신다며 서울로 가신 오빠가 봄·여름이 지나고,
가을이 깊어 기러기 떼가 북녘에서 날아오는데도 오지 않는다. 나뭇잎이 우
수수 떨어지니 더욱 오빠가 그리워진다. 이 작품의 오빠는 아동 문화 운동
가인 최영주다.

해바라기 씨

정 지 용

해바라기 씨를 심자.
담모롱이 참새 눈 숨기고
해바라기 씨를 심자.

누나가 손으로 다지고 나면
바둑이가 앞발로 다지고
괭이가 꼬리로 다진다.

우리가 눈감고 한밤 자고 나면
이슬이 나려와 같이 자고 가고,

우리가 이웃에 간 동안에
햇빛이 입맞추고 가고,

해바라기는 첫색시인데
사흘이 지나도 부끄러워
고개를 아니 든다.

가만히 엿보러 왔다가
소리를 깩! 지르고 간 놈이 ─
오오, 사철나무 잎에 숨은
청개구리 고놈이다.

정지용(1903~ ?)

　시인. 충북 옥천에서 태어나, 일본 도오시샤 대학 영문학과 졸업. 1927 년부터 시 쓰기에 힘을 기울였다.

　1930년대에 〈고향〉〈향수〉 등 향토색 짙은 빛나는 서정시를 많이 썼다. 또 모더니즘의 시를 쓰는데 앞장섰다.

　해방 후 이화여대에서 교편을 잡았으며, 〈경향신문〉 편집국장도 지냈다. 시집은 〈정지용 시집〉〈백록담〉 등이 있다.

감상 : 봄에 씨앗 심는 광경이 재미있게 그려져 있다. 사람과 자연이 씨 앗을 심고, 싹 트기를 기다린다는 뜻이다.

　씨앗은 누나가 심는다. 그랬더니 바둑이와 괭이가 그 위를 지나가게 돼 흙이 다져진다.

　하루하루가 지나면서 이슬도 내리고, 햇볕도 쬐고…… 성미 급한 청개구 리는 빨리 해바라기 싹이 트라고 꽥꽥거린다.

조그만 하늘

강 소 천

들국화 필 무렵에 가득 담았던 김치를
아카시아 필 무렵에 다 먹어 버렸다.

움 속에 묻었던 이 빈 독을
엄마와 누나가 맞들어
소나기 잘 내리는 마당 한복판에 들어내 놓았다.

아무나 알아맞춰 보아라.
이 빈 독에
언제 누가 무엇을
가득 채워 주었겠나.

그렇단다.
이른 저녁마다 내리는 소나기가
하늘을 가득 채워 주었단다.

동그랗고 조그만 이 하늘에도
제법 고오운 구름이 잘도 떠돈단다.

강소천 (1915~1963)

함경남도 고원에서 태어났다. 소천은 호이며, 본명은 용률. 함흥 영생고보를 졸업, 청진 제일여고 교사 등을 지냈다. 6.25 때인 1951년 월남, 문교부에서 근무했다.

1931년 〈아이생활〉에 동화 〈버드나무〉를 발표하고, 1936년 〈소년〉 창간호에 동시 〈닭〉을 발표, 문단에 나왔다. 저서로 동시 동화집 〈꿈을 찍는 사진관〉 등.

감상 : 자연의 아름다움과 신비함을 노래한 시다. 빈 김치독을 마당에 내다 놓았더니, 소나기가 내려 물을 가득 채웠다. 그런데 물만 가득 찬 줄 알았더니, 웬걸! 하늘 동그랗게 내려오고, 그 하늘에 고운 구름이 떠돌고 있지 않은가. 평범한 대상을 시적으로 잘 표현했다.

이 동시가 발표되던 당시는 동요 동시가 노래하는 것이라고 생각했는데, 거기에 얽매이지 않은 점이 특징이다.

꽃

유 치 환

가을이 접어드니 어디선지
아이들은 꽃씨를 받아 와 모으기를 하였다.
봉숭아 금선화 맨드래미 나팔꽃
밤에 복습도 다 마치고
제각기 잠잘 채비를 하고 자리에 들어가서도
또들 꽃씨를 두고 이야기 ―
우리 집에도 꽃 심을 마당이 있었으면 좋겠다고
어느덧 밤도 깊어
엄마가 이불을 고쳐 덮어 줄 때에는
이 가난한 어린 꽃들은 제각기
고운 꽃밭을 안고 곤히 잠들어 버리는 것이었다.

유치환(1908~1967)
　시인, 호는 청마. 경남 충무시에서 태어나, 한문을 공부하다 일본으로 건너가 동경 토요야마 중학교에 입학했다가 중퇴했다. 1926년 연희전문에 입학했다 역시 중퇴했다. 경남여고 교장 등을 지냈다.
　1931년 〈문예월간〉에 시 〈정적〉을 발표 문단에 나왔다. 〈자유문학상〉등 수상. 시집으로 〈청마시초〉 등을, 대표작으로 〈깃발〉〈바위〉〈행복〉 등을 남겼다.

　감상 : 어린이들의 정겨움이 눈에 보이는 듯하다. 가난하지만, 열심히 공부하며, 고운 꿈을 안고 크는 어느 집 어린이의 모습이 가슴을 찡하게 한다.
　가을에 꽃씨를 받아 모은 아이들이 복습을 마치고 잠자리에 들어서 꽃씨 이야기를 나눈다. 그리고 꽃씨 심을 땅이 있었으면, 꽃밭이 있었으면 하고 잠드는 것이다. 시인은 그런 아이들을 가난한 어린 꽃들로, 꿈을 꽃밭으로 비유하고 있다.

저녁에

김 광 섭

저렇게 많은 중에서
별 하나가 나를 내려다본다.
이렇게 많은 사람 중에서
그 별 하나를 쳐다본다.

밤이 깊을수록
별은 밝음 속에 사라지고
나는 어둠 속에 사라진다.

이렇게 정다운
너 하나 나 하나는
어디서 무엇이 되어
다시 만나랴.

김광섭 (1905~1977)
　시인. 호는 이산. 함경북도 경성군에서 태어남. 일본 와세다대학 영문과 졸업. 경희대학 교수와 신문사 사장, 대통령 비서관 등을 지냈다.
　문학 활동은 1931년 창간한 〈문예월간〉 동인으로 시작됐다. 삶과 시대를 노래한 시를 많이 썼다. 시집으로 〈동경〉〈해바라기〉〈마음〉 등을 남겼다. 대표작은 '성북동 비둘기'와 '산' 등.

감상 : 고혈압으로 쓰러져, 몸이 불편한 가운데 쓴 작품으로 시집 〈성북동 비둘기〉에 실려 있다.
　사는 일과 죽음의 깊이를 보여 주는 작품이다. 끝 연에 삶에 대한 그리움이 비쳐지고 있는 시다. 또 죽음은 죽는 데서 끝나지 않고 다시 만날 수도 있다는 희망도 섞여 있다.
　1연에선 자연과 사람의 정다움(삶)을, 2연에선 죽음을, 3연에선 희망을 노래했다.

무지개

박 경 종

지나가던 소나기가
놓고 간 다리

아롱다롱 일곱색이
곱기도 하다.
누구를 건너라고
놓은 다릴까?

하늘 나라 선녀들은
건너랬을까?

아냐, 아냐, 선녀 건널
다린 아니야.

선녀들이 곱게 곱게
짜 논 비단에

지나가던 소나기가
심술 피워서

햇볕에 사알짝
말리는 거야.

박경종(1916~   )
 동시·동화 작가. 호는 내양. 함경남도 홍원에서 태어나, 6. 25 (1951)   때 남으로 옴. 만주 동흥중학교를 졸업하고 국민학교와 중학교 교사로 근무했다.
 1933년 조선중앙일보에 동요 '대가리'와 동아일보에 동요 '둥글다'가 당선돼 문단에 나왔다.
 〈한정동 아동문학상〉과 〈대한민국 문학상〉 등을 받았다. 동시집 〈초록 바다〉 〈꽃밭〉 동화집 〈노래하는 꽃〉 등 많다.

 감상: 소나기가 쏟아지고 난 뒤에 둥그렇게 떠오른 일곱 빛깔 무지개. 그것은 오묘한 자연의 신비를 느끼게 한다. 신비롭기 이를 데 없다. 자연 현상 중에 그처럼 아름다운 게 또 있을까.
 이 시에서는 무지개를 선녀가 짠 비단으로 상상하고 있다. 곱디고운 비단에 소나기가 얼룩지게 한 것을 햇볕에 말리는 것이 아닐까 하고 상상해 본다. 무지개를 그리면서 상상력을 뒷받침, 더욱 아름답게 느껴진다.

차숟갈

박 목 월

손님이 오시면
차를 낸다
찻잔 옆에
따라 나오는
보얗고 쬐그만 귀연 차숟갈.

"손님이 오시면
차숟갈처럼 얌전하게
내 옆에
앉아 있어."
아버지가 말씀하셨다.

"네 아버지."
나는
대답도 차숟갈처럼
얌전하게 했다
보얗고 쬐그만 귀연 차숟갈.

박목월 (1961 · - 1978)

시인. 본명은 영종. 경주에서 태어나 대구 계성중학교를 졸업한 후 한국시인협회장, 한양대 교수 등을 지냈다.

1933년 〈어린이〉지에 동요 '통딱딱 통짝짝'이 특선으로 뽑히고, 〈신가정〉에 '제비맞이'가 당선돼 문단에 나왔다. 청록파 시인으로 시는 1939년 〈문장〉에 추천돼 쓰기 시작했다. 많은 동시와 시를 남겼다.

시집으로 〈청록집〉 〈경상도의 가랑잎〉 등을 남겼고, 동시집으론 〈초록별〉 등이 있다. 대표작은 동시 '산새알 물새알' '송아지'와 시 '나그네'가 있다.

감상 : 어린이의 귀여움을 그린 시다. 귀여움을 차순갈에 비유했다. 찻잔 옆에 놓이는 보얗고 쬐그만 귀연 차순갈에다 손님 옆에 얌전하게 앉는 어린이를 비유하고 있다. 얌전한 대답까지도 차순갈에 비유, 눈에 보이는 듯하다.

대수롭지 않은 소재인데도 시가 귀엽고 따뜻하게 느껴지는 것은 이런 비유 때문이다. 차순갈까지도 새롭게 느껴진다. 조용하고 따뜻한 가정 분위기도 전달돼 온다.

강 물

장 수 철

갓 풀린 강물 저만치서
청둥오리들이 헤엄을 친다.

그 때마다 흔들리는 물결이
내가 선 기슭까지
미끄러져 온다.

나도 가만히
손을 담그어 본다.

얼음 같은 차가움이
내 손톱 끝에
간지럽게 와 닿는다.

차가움 속에서도
봄을 느끼는
그 바램을 강물도 알아주는 것일까.

살랑살랑
내 손가락 사이에서 미소짓는다.

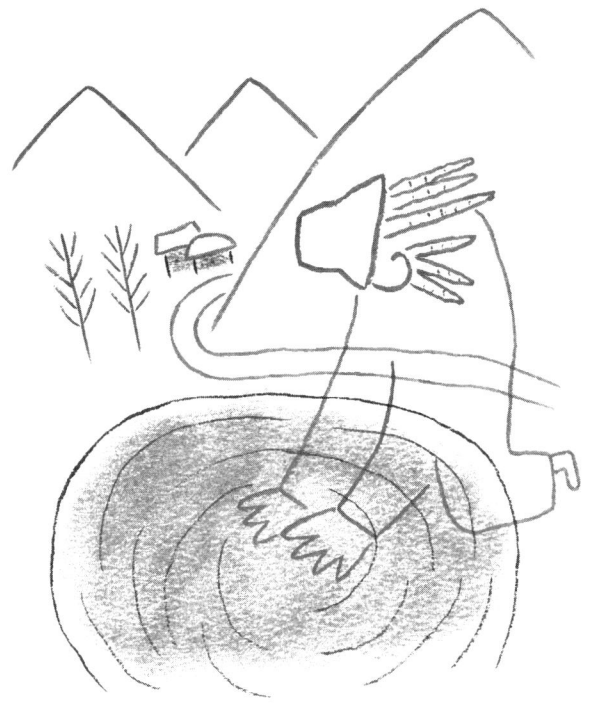

장수철 (1913~1993)
  시인, 동시·동화 작가. 호는 산명. 평양에서 태어남. 평양상업학교 졸업.
  1933년 조선중앙일보에 시를 발표하고, 1934년 제 1 시집 〈전망도〉를 펴냄으로써 문학 활동을 시작했다. 1932년 〈어린이〉지에 동요도 발표했다.
  1951년 남으로 와 〈제주신보〉 기자 등을 지냈으며, 동요 동인회 회장을 역임했다. 1985년 한국 크리스천 문학상을 받았다.
  동시집으로 〈바닷가에서〉와 동화집 〈이름 없는 별들〉 등 많다.

감상 : 봄이 와 얼었던 강물이 풀리자, 청둥오리들도 즐거운지 헤엄쳐 다닌다.
  강 기슭에 앉아 있는 내 앞으로 그 흔들리는 물결이 밀려 온다. 가만 손을 담그어 본다. 얼음같이 차갑다. 그 차가움 속에서 봄이 빨리 오기를 기다리는 바램이 담겨 있다. 강물이 마치 그것을 알아 주기라도 하는 것처럼 손가락을 간지린다. 강가에서 봄이 왔음을 잔잔히 노래한 시다.

노랑 나비

김 영 일

나비
나비
노랑 나비

꽃잎에서
한잠 자고.

나비
나비
노랑 나비

소 뿔에서
한잠 자고.

나비
나비
노랑 나비

길손 따라
훨훨 갔네.

김영일 (1914~1984)
  동시인·동화작가. 황해도 신천에서 태어남. 일본 대학 예술과 졸업. 1934
년 〈매일신보〉 신춘 문예에 동요 '반딧불'이 당선돼 문단에 나왔다.
  저서로 동시집 〈다람쥐〉와 동화집 〈은방울꽃〉 〈반딧불 켜는 집〉 등 많다.
대표작은 '다람쥐' '달팽이' '방울새' 등.

  감상 : 시행이 짧고 간결한 것이 이 시의 특징이다. 그리고 '나비 / 나비 /
노랑 나비'를 되풀이 하면서 다음 시상을 이끌어 내고 있다.
  나비가 꽃잎과 소 뿔에 앉았다가 훨훨 날아갔다는 세 부분으로 된 이 시는
봄날에 노랑 나비를 자세히 관찰, 마치 사진을 찍는 듯한 방법으로 씌어졌다.
나비가 날아다니는 모습이 눈에 보이는 듯하다. 이것을 시각화라고 한다.

나 무

김 현 승

하느님이 지으신 자연 가운데
우리 사람에게 가장 가까운 것은
나무이다.

그 모양이 우리를 꼭 닮았다.
참나무는 튼튼한 어른들과 같고
앵두나무의 키와 그 빨간 뺨은
소년들과 같다.

우리가 저물녘에 들에 나아가
종소리를 들으며 긴 그림자를 늘이면
나무들도 우리 옆에 서서 그 긴 그림자를 늘인다.

우리가 때때로 멀고 팍팍한 길을
걸어가면
나무들도 그 먼 길을 말없이 따라오지만,

우리와 같이 위로 위로
머리를 두르는 것은
나무들도 언제부터인가 푸른 하늘을
사랑하기 때문일까?

가을이 되어 내가 팔을 벌려
나의 지난날을 기도로 뉘우치면,
나무들도 저들의 빈손과 팔을 벌려
치운 바람과 찬 서리를 받는다, 받는다.

김현승 (1913～1975)

시인. 호는 나형. 평양에서 태어남. 1932년 평양 숭실전문 문과 입학, 졸업했다.

1934년 문단에 나온 후 기독교 정신을 바탕으로 한 시를 많이 썼다.

숭전대학교 교수와 한국문인협회 부이사장 등을 지냈으며, 서울시 문화상 등을 받았다.

저서로 시집 〈견고한 고독〉〈절대 고독〉 등이 있으며, 대표작은 〈눈물〉〈가을의 기도〉 등.

감상 : 나무를 노래하고 있다. 그러면서 나무를 지으신 하느님도 예찬하고 있다.

나무와 사람과의 가까움을 얘기하듯 표현했다. 닮은 모습부터 참나무는 튼튼해 어른 같다. 앵두나무는 앵두의 빨간색이 소연 뺨과 닮았다.

뿐인가, 사람이 들에서 긴 그림자를 늘일 때 함께 그림자를 드리운다. 멀고 힘든 길도 같이 걷고, 위로 자라며 하늘을 사랑한다. 또 사람처럼 찬바람·서리를 받으며 뉘우치듯 기도한다.

온 실

장 만 영

유리로 지은 집입니다.
창들이 하늘로 열린 집입니다.
집은 연못가 딸기밭 속에 있습니다.
거기엔 꽃의 가족들이 살고 있습니다.

지평선 너머로 해가 기울고
밤이 저 들을 건너올 때면
집 안에는 빨간 등불이 켜지고
꽃들이 모여 앉아 저녁 식사를 합니다.

자, 이리로 오시오.
좋은 음식 냄새가 풍기지요?
꽃들이 지금 저녁 식사를 하고 있습니다.
저, 접시에 부딪히는 포오크며 나이프 소리가…
저, 무슨 술 냄새 같은 것이 나지요?

이리로 좀더 가까이 와 보시오.
보기에도 부럽게 즐거운 가족들입니다.
그리고, 저 의상이 어쩌면 저렇게 곱습니까?
식사가 끝나면 으레 꽃들은 춤을 춥니다.

장만영 (1914~1975)

　시인. 황해도 배천읍에서 태어남. 동경 미자키 영어학교 졸업. 〈서울신문〉 출판국장과 한국시인협회장을 지냈다. 출판사를 경영하기도 했다.

　1935년부터 문학(시) 활동을 시작, 농촌과 자연을 소재로 한 동심에 가까운 서정시를 썼다.

　저서로 〈양〉 〈밤의 노래〉 등 많다. 대표작은 〈밤의 서정〉 〈정동 골목〉등.

　감상 : 유리 온실 속에 피어 있는 꽃들을 보고, 그것을 화목한 가정의 풍경으로 바꾸어 그렸다.

　저녁 무렵, 딸기밭 속의 집에 등불이 켜지고 식구들이 모여 앉아 저녁을 먹고 있는 광경이다.

　접시에 부딪는 포크 소리, 곱게 차려 입은 옷, 좋은 음식 냄새…… 오순도순 사는 가족들의 모습이 눈앞에 떠오른다. 이것은 이처럼 살아야 되지 않겠느냐는 시인의 바램이기도 하다.

돌아오는 길

박 두 진

비비새가 혼자서
앉아 있었다.

마을에서도
숲에서도
멀리 떨어진,
논벌로 지나간
전봇줄 위에,

혼자서 동그마니
앉아 있었다.

한참을 걸어오다
뒤돌아봐도,
그때까지 혼자서
앉아 있었다.

박두진(1916~   )

시인. 호는 혜산. 경기도 안성에서 태어나, 연세대 교수를 지냈다.
1939년 시 〈낙엽송〉 등이 〈문장〉지에 추천되어 문단에 나왔다.
청록파 시인의 한 사람으로 자연을 새롭게 노래했다. 56년 〈자유문학상〉
을, 70년에 〈3·1 문화상〉 등을 받았다.
저서로 시집 〈청록집〉 〈하얀 안개〉 등 많다. 대표작 〈해〉.

감상 : 아주 간결한 시다. 그러면서도 외로움이 흠씬 풍긴다.
누군가 조용하고 한적한 곳을 걸어가고 있는데, 논벌 전봇줄 위에 비비
새 한 마리가 혼자 앉아 있었다. 참 외롭겠구나 하고 생각하며 지나쳤는데,
한참을 걸어오다 돌아 봐도 처음과 똑같이 앉아 있는 게 아닌가.
왜서일까? 무엇 때문에 혼자 오래 있을까? 이런데 생각이 미치니, 더욱
새가 외롭다는 생각이 든다. 나도 외롭다.

구슬비

권 오 순

송알송알 싸리잎에 은구슬
조롱조롱 거미줄에 옥구슬
대롱대롱 풀잎마다 총총
방긋 웃는 꽃잎마다 송송송.

고이고이 오색실에 꿰어서
달빛 새는 창문가에 두라고
포슬포슬 구슬비는 종일
예쁜 구슬 맺히면서 솔솔솔.

권오순(1919~   )
　여류 아동문학가. 황해도 해주에서 태어남. 1933년 〈어린이〉지에 　작품을 발표하면서 문학 활동을 시작했다. 1948년에 남으로 내려왔다.
　대표작으로 아동 소설 〈웅이와 옥수수〉와 동요 〈구슬비〉 등이 있다. 저서로 동시집 〈새벽 숲 멧새 소리〉, 〈무지개 꿈밭〉 등이 있다. 76년 제 4 회 새싹 문학상을 받았다.

　감상 : 구슬비의 아름다움을 노래한 동요다. 조용조용 곱게 내리는 비가 구슬비다. 그 구슬비의 아름다움을 고운 낱말을 써 실감나게 표현하고 있다. 이를테면 송알송알 / 조롱조롱 / 대롱대롱 / 총총 / 송송송 / 포슬포슬 / 솔솔솔 따위가 그것이다. 모두가 구슬처럼 아름다운 비를 그리는데 있어서 아주 적합한 말들이다.
　싸리잎에, 거미줄에, 풀과 꽃잎에 맺힌 빗방울들이 참으로 곱게 느껴진다.

귀뚜라미와 나와

윤 동 주

귀뚜라미와 나와
잔디밭에서 이야기했다.

귀뜰귀뜰
귀뜰귀뜰

아무에게도 알으켜 주지 말고
우리 둘만 알자고 약속했다.

귀뜰귀뜰
귀뜰귀뜰

귀뚜라미와 나와
달 밝은 밤에 이야기했다.

윤동주(1917~1945)

　시인. 만주 북간도에서 태어나, 연희전문학교를 졸업한 후, 일본 동지사대학에서 수학했다.

　일본에서 항일 민족 운동을 한 혐의로 잡혀 일본 형무소에서 숨졌다.

　37년 간도에서 발행되던 〈카톨릭 소년〉지에 '병아리'〈빗자루〉 등을 발표하기 시작했다. 세상을 떠난 뒤에 시집 〈하늘과 바람과 별과 시〉가 간행(55년) 됐다.

　감상 : 조용한 달밤에 귀뚜라미 노래를 듣는 이야기다.

　잔디밭에서 귀뚜라미가 노래하고 있다. 달도 밝게 떠 있다. 그걸 혼자서 듣고 있다. 아름답고 아늑함을 '아무에게도 알으켜(알려) 주지 말고/우리 둘만 알자고 약속했다.'고 돌려 표현했다.

　귀뚜라미가 노래하는 가을 밤이 매우 경겹게 느껴진다.

달 밤

조 지 훈

순이가 달아나면,
기인 담장 위로
달님이 따라 오고.

분이가 달아나면,
기인 담장 밑으로
달님이 따라 가고.

하늘에 달이야 하나인데……
순이는 달님을 데리고
집으로 가고.

분이도 달님을 데리고
집으로 가고.

조지훈(1920~1968)
 시인. 국문학자. 본이름은 동탁. 경북 영양에서 태어나, 혜화 전문학교(현재 동국대)를 졸업하고, 고려대 교수 등을 지냈다.
 1939년 〈승무〉 등으로 〈문장〉지 추천을 받아 문단에 나왔다. 청록파 시인의 한 사람이다. 불교 세계를 시로 썼다. 1956년 자유 문학상을 받았다.
 저서로 시집 〈청록집〉 〈풀잎〉 등이 있으며, 대표작은 〈승무〉 〈고풍 의상〉 등.

 감상 : 달밤에 어린이들이 놀고 있는 광경이 깨끗하게 그려져 있다. 달밤의 풍경이 무척 고요하게 느껴진다.
 순이와 분이가 담장을 끼고 달려 본다. 그러니 그 자리에 있어야 할 달이 긴 담장 위로 따라 온다. 달은 하난데… 참 신기하고 재미있다. 더 빨리 뛰면 달도 빨리 따라오고, 천천히 뛰니 그만큼 천천히 따라온다. 그렇게 달님은 순이와 분이네 집으로 따라간다. 달은 어디서나 보여서다.

언 덕

김 광 균

심심할 때면 날 저무는 언덕에 올라
어두워 오는 하늘을 향해 나발을 불었다.

발 밑에는 자욱한 안개 속에
학교의 지붕이 내려다보이고,
동네 앞에 서 있는 고목 위엔
저녁 까치들이 짖고 있었다.

저녁 별이 하나 둘 늘어갈 때면,
우리들은 나발을 어깨에 메고
휘파람 불며 언덕을 내려왔다.

등 뒤엔 컴컴한 떡갈나무 수풀에 바람이 울고,
길가에 싹트는 어린 풀들이 밤이슬에 젖어 있었다.

김광균 (1916~1993)
　시인. 개성에서 태어나 개성상업학교를 졸업했다. 1937년부터 시를 발표하기 시작, 39년 첫 시집 〈와사등〉을, 47년에 〈기항지〉를 펴냈다.
　주로 시각적이고 회화적인 이미지(상)의 시를 썼다. 모더니즘을 이땅에 뿌리 내리게 한 시인으로 손꼽힌다. 51년 이후 건설 사업의 사장으로 취임, 실업인으로 활약하고 있다. 대표작은 〈와사등〉 〈추일서정〉 〈설야〉 등.

　감상 : 어느 마을과 언덕의 저물어 가는 풍경을 그리고 있는데, 좀 쓸쓸한 느낌이 든다.
　언덕에서 하늘을 향해 나발을 부는 모습, 안개 속으로 보이는 학교 지붕, 동네 고목 위에서 까치들이 짖는 소리가 어둠 속에 잠기고, 별이 하나 둘 늘어가면 아이들은 나발을 불다 내려온다. 그뒤로 떡갈나무 수풀에 바람이 일고, 이슬은 촉촉 내려 풀들이 젖는다.
　해 저무는 광경이 눈에 보이듯 하다. 이를 시각화 혹은 회화적이라고 한다.

외갓집

김 상 옥

외갓집은 산 너머
늘어진 들길.

꼬불꼬불 산 너머
길이 멀어도,

길섶에서 민들레
꽃이 피는데,

민들레 세고 가면
이내 갑니다.

김상옥(1920~　　)
　시인, 시조 시인. 경남 충무에서 태어나, 학교엔 다니지 않고 문선공 등의 일을 하며 혼자 한학 등을 공부했다.
　1938년 시 '모래알'을 처음 발표하고, 40년에 〈문장〉지에 시조 '봉숭아'가 추천됐다. 이듬 해 동아일보 신춘문예 '낙엽'이 당선 문단에 나왔다. 시조를 새롭게 쓴 시인이다.
　저서로 동시집 〈꽃속에 묻힌 집〉과 〈석류꽃〉, 시집 〈초적〉 등이 있다. 대표작은 '청자부' 등.

감상 : 7.5조의 동요다. 1연과 2연에서 보면 외갓집이 꽤나 멀리 있는 모양이다. 산 넘고, 늘어진 들길을 지나고, 또 꼬불꼬불 산길을 오르고 휘돈다.
　길섶에는 민들레가 피어 있다. 시골길은 보통 멀다. 너무 한적하고 변화가 없는 풍경이어서 힘들고 지루하다.
　그런 길을, 민들레를 세며 가니 지루하지 않다. 민들레가 피어 있고 그걸 세면서 가는 풍경 때문에 이 시가 아름답다.

우리 집

박 남 수

큰길로 가다가
작은길로 접어들면,
숨막히는 좁은 골목에
숨이 막히는 집이 있습니다.

높은 집이 가로막혀
납작 눌려 코가 눌린
코 납작이 동네에
코 납작이 집이 있습니다.

그래도 못 찾으시겠으면
쫄망쫄망 조롱박 형제가 많아서
늘 엄마 목소리가 큰 집만 물으시면,
— 거기가 우리 집이죠.

박남수(1918~   )
시인. 평양에서 태어났다. 1941년 일본 중앙대를 졸업했다. 은행원, 지점
장을 지냈다. 1950년 남으로 내려왔다.
문단은 1939년 〈마을〉 등의 작품이 〈문장〉지에 추천돼 나왔다. 1940년 첫
시집 〈초롱불〉을 낸 후 〈갈매기 소묘〉 〈신의 쓰레기〉 등을 펴냈다. 58년 〈자
유문학상〉 수상. 55년 한국 시인협회를 창립했다. 대표작은 〈새〉 〈종달새〉.

감상 : 가난한 동네의 조그만 집을 그리고 있지만, 행복하고 따뜻한 느낌을
주는 시다.
그것은 마지막 연의 '쫄망쫄망 조롱박 형제가 많아서 / 늘 엄마 목소리가
큰 집'에서 느껴진다.
집도 작고 형제가 많으나, 왠지 다정한 마음이 오갈 듯한, 착하게 사는 듯
한 느낌이 드는 까닭은 '거기가 우리 집이죠'라고 말하는 당당함에서다.

별초롱 꿈초롱

임 인 수

아기가 잠드는 산골짝에
밤마다 찾아오는 이상한 저 별,
빨간 초롱 들고서 마중 나온다.
파란 초롱 들고서 마중 나온다.

아기가 꿈꾸는 강마을에
밤마다 찾아오는 이상한 저 별,
은빛 초롱 들고서 마중 나온다.
금빛 초롱 들고서 마중 나온다.

임인수(1919~1967)

호는 현석. 경기도 김포에서 태어났다. 조선신학교를 졸업했다. 〈아이 생활〉 등 주로 편집일을 했다. 한국 글짓기회 회장을 지냈다.

1940년과 41년 〈아이 생활〉에 동시 '봄노래' '겨울 밤'을 발표, 문단에 나왔다. 광복 후에는 시·동화 등을 발표했다.

저서로 동시집 〈종아, 다시 울려라〉와 동화집 〈봄이 오는 날〉 등이 있다.

감상 : 아기가 잠들고 꿈꾸는 산골집과 강마을에 밤마다 이상한 별들이 찾아 온다. 빨강 혹은 파랑, 은빛, 금빛 초롱을 들고서 말이다. 아름다운 동요다.

그러나 이것은 밤 하늘에 반짝반짝 뜨는 별들을 그린 것이다. 마치 예쁜 아기가 잠을 잘 자라고 기도나 하듯이.

맑은 날 산마을, 강마을 밤 하늘을 쳐다보면 반짝이는 별들이 흡사 초롱 불처럼 아름답다. 그래서 이같이 상상해 본 것이다.

살구꽃 핀 마을
이 호 우

살구꽃 핀 마을은 어디나 고향 같다.
만나는 사람마다 등이라도 치고지고,
뉘 집을 들어서 본들 반겨 아니 맞으리.

이호우(1912~1970)

  시조 시인. 경북 청도군에서 태어나, 경성제일고등보통학교를 졸업했다.
〈대구매일신문〉 편집국장을 지냈다.

  1941년 〈문장〉지에 '달밤'이 추천되어 문단에 나왔다. 1955년 〈이호우 시
조집〉을 발간한 후 〈휴화산〉 등을 펴냈다. 영남문학회를 창립했으며, 〈낙강〉
동인지를 발간했다.

  대표작으로 '개화' '바위 앞에서' 등이 있다.

  감상 : 살구꽃은 고향 마을의 꽃이다. 언제 만나도 반가운 고향 사람들, 어
려서부터 기쁨과 슬픔을 함께 나누던 순박한 인심의 이웃 사촌들. 그러한 고
향 마을은 내 집 네 집이 따로 없을 듯해, 어느 집을 들어서도 반가이 맞아
줄 것 같은 정을 준다.

  살구꽃 핀 고향 봄의 정경과 푸근한 인정을 그리는 마음이 간절하게 그려
져 있다.

편 지

최 계 락

썼다간 찢고
찢었다간 다시
쓰고.

무엇부터 적나
눈을
감으면,

사연보다 먼저 뜨는
아,
그리운 모습.

최계락(1930~1970)

　시인·동시인. 경남 진양에서 태어나, 진양중학교를 졸업했다. 잡지 〈소년세계〉 기자, 〈국제신보〉 문화부장을 지냈다.

　1947년 동시 '수양버들'이 〈소학생〉에 시 '애가'가 〈문장〉지에 추천돼 문단에 나와 아름다운 서정 동시를 많이 써 동시를 크게 발전시켰다.

　부산시 문화상과 소천아동문학상을 수상했다. 저서로 동시집 〈꽃씨〉 등이 있다. 대표작은 '꽃씨' '편지' 등.

감상 : 편지 쓸 때의 경험을 거의 그대로 쓴 시다.

　편지가 쉽게 쓰여지지 않아 '썼다간 찢고 찢었다간 다시 쓴'다. 왜 그랬을까. 너무 가슴이 벅차서였을 게다. 깊은 할 말이 많으면 오히려 하지 못하는 경우가 있는데, 아마 그럴 때였으리라.

　그래서 사연이 쉬 떠오르지 않는다. 가슴이 벅차다. 눈을 감으니 동무의 모습이 먼저 눈앞에 떠오른다. 아, '그리운 모습'.

구공탄

박 홍 근

조심조심
양 손에 구공탄 들고
허리도 못 펴고
살금살금 걷는다.

뒤따라 가던 동생이
또 한 번 건드린다.

화가 나도 구공탄은
사알짝 내려 놓고
도망가는 동생을
오빠는 쫓아간다.

찬바람 저녁 길에
구공탄 두 개.

박홍근(1919~)

동시·동화 작가. 함북 성진에서 태어나, 일본 고등음악학교 예과와 니혼 대학 예술과에서 수업했다.

1945년 〈문화〉지에 시 '돌아온 깃발'을, 1946년에 동시 '고무총'을 〈새길 신문〉에 발표함으로써 문단에 나왔다.

저서로 동시집 〈날아간 빨간 풍선〉 〈바람개비〉 동화집 〈해란강이 흐르는 땅〉 등. 대표작은 동요 '나뭇잎배' 대한민국문학상을 받았으며, 한국아동문 학가협회 회장을 지냈다.

감상 : 구공탄을 한꺼번에 많이 들여놓을 형편이 못돼, 가난한 오누이가 찬 바람 부는 거리에서 구공탄을 낱개로 사서 들고간다.

오누이는 장난을 하다 저만큼 가 버리고, 바람찬 저녁길에 구공탄 두 개만 남아 있다.

얼핏 보면 싸우는 것 같아 보이지만, 구김살없이 자라는 오누이의 다정함 을 그린 것이다.

창

박 화 목

창 바깥엔 흰눈이
소복소복 내리는데,

바알간 창문에
아기 그림자 비쳤다.
밤 한 톨 구워 달라 조르는 게지.
대추 한 움큼 조르는 게지.

사박사박 눈길 위에
강아지 한 마리 지나가는데,

바알간 창문에
엄마 그림자 비쳤다.

밤 한 톨 구워서 주려는 게지.
대추 한 움큼 주려는 게지.

박화목(1923~   )

 시인·동시인 평남 평양에서 태어나, 평양 신학교와 하얼빈 영어 학원, 봉천 신학교를 졸업했다.

 1941년 〈아이 생활〉에 동시 '귀뚜라미'를 발표, 문단에 나왔다. 서정적인 시를 주로 많이 지었다.

 1972년 「한정동 아동문학상」을, 1980년에 「대한민국 문학상」을 받았다. 지은 책으로 동시집 〈초롱불〉 등이 있다.

 감상 : 눈이 오는 겨울 밤의 정경이 훤히 떠오르게 하는 시다. 눈이 오는 밤 창문에 비친 그림자를 보고 지었다. 아기 그림자를 본 지은이는 아기가 엄마에게 밤이나 대추를 달라고 조르는 것이라고 생각했다. 엄마 그림자가 비치자 그것은 엄마가 아기에게 밤이나 대추를 주려는 것으로 여겼다.

 긴 겨울 밤, 아기와 엄마에게 오가는 따뜻한 정을 담고 있다.

오월의 역

김 요 섭

오월의 역에서
기차가 떠났습니다.
열 세 개의 객차에는
1 천만 개의 창이 반짝입니다.

창마다 어린 얼굴들이 빛납니다.
그 뒤 화차에는
장난감을 가득하게.

파란 팻말이 선 역
6 월의 역
7 월의 역
8 월의 역

분홍 팻말이 선 역
9 월의 역
10 월의 역
11 월의 역

하얀 팻말이 선 역
12 월의 역
13 월의 역

다시 5 월의 역에 들어선
이상한 기차
노래만 싣고 다니는 기차.
5 월의 역 팻말에는
모험이라고 씌어 있습니다.

기차는 다시 떠나야 합니다.
어디로?
그러나 어린이는
어저께라면 재미없습니다.

5월의 역에서
기관차가
앞바퀴를 번쩍 공중으로 들었습니다.
하늘을 향해 달리었습니다.

다음 역은
우주 스테이션
별들의 역
별은 모두 우리가 도착해야 할 역입니다.

김요섭(1926~   )
　시인, 동시인, 동화 작가. 함경북도 나남에서 태어나, 청진교원대학에 다
니던 중 1947년 남한으로 왔다. 한국문인협회 부이사장 등을 지냈다.
　1942년 〈매일신보〉 신춘 문예에 동화 '고개 넘어 선생'이 입선, 문단에 나
왔다. 「소천아동문학상」 「대한민국문학상」 등을 받았다.
　저서로 동화집 〈따뜻한 밤〉, 동시집 〈바이킹 155호를 쏘아라〉,　시집 〈체
중〉 등.

　감상 : 한 번 읽고서는 얼른 이해하기 어려운 시다. 상상으로써 빚은 시어
서다.
　객차는 우리 나라, 객차의 창은 어린이, 그리고 역은 세월(달)로 비유했다.
6·7·8월의 역은 숲이 푸르러 푸른 팻말이다. 9·10·11월은 코스모스　같은
가을의 붉은 꽃이 있어 분홍 팻말이다. 12·13(1)월은 눈이 내려 팻말이 희
다.
　출발역은 5월. 어린이달이다. 어린이는 모험을 좋아한다, 우주로 향한 우
주로 가자는 이야기다. 어저께는 재미없는 별나라로.

봄바람이

어 효 선

"여보셔요! 여보셔요!
그만 눈을 뜨셔요."
봄바람이 버드나무 가지를 쥐고 흔든다,
어서 파란 싹을 틔우라고.

"여보셔요! 여보셔요!
그만 잠을 깨셔요."
봄바람이 개나리 가지를 잡고 흔든다,
어서 노란 꽃을 피우라고.

"여보셔요! 여보셔요!
내 말좀 들으셔요."
봄바람이 귀에 대고 속삭인다.
낼 모레면 개나리가 필 게라고.

어효선(1925~   )

동시·동화 작가. 서울에서 태어나 한영중학원을 졸업하고, 금란여고 교사 생활을 했다. 〈새소년〉 주간을 지내고, 지금은 교학사 주간.

49년 〈소년〉지에 동시 '봄날'이 당선돼 문단에 나왔다. 한정동 아동문학 상과 소천아동문학상, 대한민국문학상을 받았다. '대표작은 동요 파란 마음 하얀 마음'. 저서로는 동요·동시집 〈봄 오는 소리〉와 동화집 〈인형의 눈물〉 등 많다.

감상 : 봄은 만물이 다시 살아나는 즐거운 계절이다. 버드나무와 개나리는 이른 봄철이면 잎과 꽃을 피워 봄이 온 것을 맨 먼저 알려 준다. 그걸 의인 법을 써 표현, 퍽 재미있다.

봄이 왔으니 봄 바람이 버드나무와 개나리더러 어서 눈을 떠서 파란 싹을 틔우고 노란꽃을 피우라고 가지를 잡고 흔드는 것 같고, 곧 개나리가 꽃을 피울 거라고 귀엣말로 알려 주는 것처럼 느껴진다는 얘기다.

어머니

박 인 술

가난이 하도 무서워
종일 논밭에서
날 업고 일하신 어머니
흰 머리 주름살에
늙으신 줄 모르시고
당신은 또
저의 무엇을 위해
날마다
허리가 굽어집니까.

박인술(1921~   )
동시인. 시인. 경북 서산에서 태어나, 영남대 국문학과를 졸업하고, 고등학교 교사를 지냈다.
1956년 대구 〈매일신문〉에 동시를 발표 문단에 나왔다. 대구아동문학회장을 지냈다. 대표작은 동시 '가뭄' '봄 창가에서' 등.
저서로는 동시집 〈계절의 선물〉 〈봄이 오는 길〉 〈새들의 고향〉 등이 있다.

감상 : 어머니의 끝없는 사랑과 희생이 가슴을 뭉클하게 한다. 끝 부분의 '저의 무엇을 위해 / 날마다 / 허리가 굽어집니까.' 라는 구절에서 더욱 그러하다.
사랑 · 희생이란 단어를 쓰지 않았는 데도 그것이 느껴진다. 이것이 이 시의 좋은 점이다.
도시 어린이들에게는 논밭에서 일하는 어머니의 모습이 금방 떠오르지 않겠으나, 상상으로 그것을 그려 볼 수 있다.

시골집

홍 은 순

논둑 밭둑 지나서
옥수수밭 지나서
오솔길을 지나면
오막살이 초가집.

박덩굴이 엉켰네.
조롱박이 달렸네.

기찻길 옆 지나서
왼쪽다리 지나서
원두막을 돌라치면
외딴 집 한 채.

지붕에는 고추들이
빨갛게 널렸네.

홍은순(1917~   )

　동요·동화 작가. 서울에서 태어나 이화보육학교를 졸업하고, 일본 동경여대를 졸업했다. 서울 가정보육 사범학교 보육과장을 거쳐 대한 보육협회장을 지냈다.

　주로 유아 동요·동화를 많이 썼다. 시골의 향토적인 정경과 정겨운 생활을 그린 작품이 대부분이다.

　저서로 동화집 〈은방울〉과 동요집 〈홍은순 동화집〉이 있다.

감상 : 시골집의 정경이 아주 잘 그려져 있다. 눈에 보이는 듯하다. 실제로 보지 않아도 말이다.

　시골에 가면 흔히 볼 수 있는 논둑, 밭둑, 옥수수밭, 오솔길, 초가집이 있다. 박덩굴이 엉키고, 조롱박이 달렸다.

　또 원두막도 있고, 다리도 건넌다. 그런 곳에 외딴 집 한 채가 있다. 지붕에는 고추들이 빨갛게 널려 있는 평화로운 시골 풍경이 그대로 눈앞에 다가온다.

그렇다마다

이 종 택

잠들기 전에 생각한다

오늘 하루는
재미나게 보낸 걸까
공부는 열심히 한 걸까

선생님 말씀대로
가슴에 손을 얹어 본다

이때 떠오른 생각 하나
*온 아침에
늦잠을 잔 내가
꽃밭에
물을 안 준 것 말이다

재미나게 논 것도 좋았지만
공부 열심히 한 것도 좋았지만

풀꽃을 한 끼라도 굶기는 일은
안 될 일이다.
그렇다마다.

* 온 : 오늘

이종택 (1927~1987)
　동시인. 경북 경산에서 태어나, 영남대학교를 졸업하고, 국민학교 교사 생활을 했다. 잡지사 기자 생활을 하다가 영화 제작에 힘썼다.
　1949년 동시집 〈사과장수와 어머니〉를 출간, 문단에 나왔다. 그후 〈별똥별〉 〈새싹의 노래〉 〈바다와 어머니〉 〈누가 그랬을까〉 등의 동시집을 펴냈다. 대표작으로 '사과장수와 어머니' '울까 말까' 등.

　감상 : 잠 자기 전 하루 생활을 반성해 본다. 하루를 재미있게 보내고, 공부도 열심히 했다.
　그런데 마음 속 깊이 생각을 해보니 늦잠 자다 꽃밭에 물을 안 준 것이 떠오른다.
　그렇구나, 물을 안 줘 풀꽃의 목을 마르게 했구나. 이것이 이 시의 촛점이다. 생명을 사랑하라는 이야기다.

약 속
이 종 기

어머니
그 숱한 말 가운데서
누가 처음 어머니를
어머니라 부르게 하였을까
어머니.

지구와
지구에서 가장 먼 별만큼
떨어져 있더라도
향기처럼
지울 수 없는 그림자처럼
가까이 계실 어머니

그 어머니께서
한번 웃으실 때
나 때문에 한번 웃으실 때
오월의 들에
또 한 송이 꽃은 피고

나 때문에
어머니께서 우신다면
만약에 어머니께서 우신다면
내가 대신 꽃을 피게 하겠습니다.
어머니

아늑한 꽃밭과 같은 어머니께서
손수 뿌린 한 알의 꽃씨
바르게 자라
한껏 피기를 약속합니다.

이종기 (1929~　　　)

　동시인. 경북 영천에서 태어나, 경북대학과 중앙대학에서 수학하고,　국민학교 교사 생활을 했다. 1976년 이후 일본 아오야 서원 편집기획을 맡고 있다.

　1949년 〈어린이 나라〉와 〈소년 세계〉에 동시를 발표, 문단에 나왔다.

　1968년 세종아동문학상을, 1986년에 불교아동문학상을 받았다.　저서로 장편 동시집 〈하늘과 땅의 사랑〉 〈하늘과 바다의 사랑〉 등이 있다.

　감상 : 어머니에 대한 사랑, 어머니의 사랑을 노래한 시다.

　어머니의 사랑이 지극해 나 때문에 웃으면 들에 꽃이 필 정도다. 그리고 어머니가 나 때문에 울면 어머니를 사랑하기 때문에 대신 꽃을 피우겠다는 이야기다.

　어머니는 나에게 향기처럼, 그림자처럼 지울 수 없는 사랑의 존재다. 그래서 자라 한껏 꽃 피기를 약속하는 것이다.

땅 뺏기

김 동 극

바둑돌을 퉁기는
땅 뺏기

사금파리로 그은
국경선

먹었다
먹혔다
가쁜 숨결.

한 치 땅을 두고
으르렁대던 싸움도

썩썩 뭉개고
툭 털고 일어서면

파아란 하늘로
트이는 숨결.

아! 그까짓
종이 위에 그은 가느다란 금 하나.

김동극 (1926~   )

　동시인. 경북 영주에서 **태어나, 국학대학 국문과 및 계명대학** 교육대학원을 **수료하고** 특수 학교 교장을 지냈다.

　글짓기 교육 활동을 펼치면서, 1953년 영남일보에 동시를 발표, 문단에 나왔다.

　국민훈장 석류장과 색동회장, 경향 사도대상 등을 받았다.

　저서로 동시집 〈**고또레 그만큼**〉〈메아릿골 다람쥐〉 등을 펴냈다.

　감상 : 휴전선을 없애고 통일을 이루기를 바라는 마음을 담고 있다. 끝 연이 그것을 암시한다.

　사금파리로 땅 뺏기를 하는 어린이들 놀이를 옆에서 넘겨다 보면 마치 치열한 전쟁 같다.

　어린이 놀이를 빌어 이처럼 거창한 이야기를 한 것이 대단하다. 뿐만 아니라 욕심을 채우기 위해 다투지 말고 살아라는 뜻도 숨겨져 있다.

어린이 공화국
석 용 원

이 세상 어디엔가
어린이들만이 사는
어린이 공화국이 있다면,
살갗이 까만 고수머리 아이들
살갗이 노란 코납작이 아이들
살갗이 하얀 파란 눈동자 아이들
살갗이 문제가 아닌 아이들이 모여
한 처음 하느님이 만드신 모습대로
한 처음 하느님이 하신 말씀대로
한 처음 하느님이 지으신 동산에서
한 처음대로 살 수 있는 공화국.
어린이 공화국의 말은 모두가 시
어린이 공화국의 일은 모두가 춤
어린이 공화국의 얘기는 모두가 동화
어린이 공화국의 음식은 모두가 맛나.
사철 꽃이 피고 열매 맺고
사철 놀이가 공부인 학교에서
선생님도 어린이 어린이도 어린이
이 세상 어디엔가
어린이들만이 사는
어린이 공화국이 있다면.

석용원 (1931~1994)
　시인. 동시인. 경북 영풍군에서 태어나, 연희대(현재 연세대) 국문과를 졸업했다.
　1955년 시집 〈종려〉를 출간하고 같은 해 〈새벗〉에 동시를 발표, 문단에 나왔다. 〈새벗〉과 〈소년중앙〉 편집부장을 지냈다. 숭의여전 교수도 역임했다.
　한정동아동문학상과 소천아동문학상 등을 받았다. 동시집 〈어린이 공화국〉 등 많다.

　감상 : 거짓없는 어린이 세계를 노래한 시다. 순수하고, 밝은 어린이 세계를 읊었다.
　그런 어린이 세계를 노래하면서, 어른의 세계도 그러 했으면 하는 바람을 뒤에 숨겨 놓고 있다.
　말이 시가 되고, 일이 춤이 되고, 얘기가 동화가 되는 세상이 왔으면 하는 바람을 담은 것이다. 이것이 시인이 그리는 이상향이다.

엄마가 죽으면

황 금 찬

수동아!
엄마가 죽으면 어느 곳으로 가는지
알고 있느냐.
수동아?

수동이는 엄마가 죽어서 가는 곳을
모르고 있었습니다.

엄마, 엄마가 죽으면 어디로 가?
수동이는 엄마에게 물었습니다.

엄마가 죽으면 산으로 간다.
저렇게 푸른 산으로 간단다.

산에 가서 뭘 해 엄마
수동이는 물었습니다.

뻐꾹새가 되지
수동이가 보고 싶을 땐
언제나 우는
뻐꾹새가 되지
수동아.

그럼 나도 뻐꾹새가 될래
엄마 따라
엄마는 큰 뻐꾹새
나는 작은 뻐꾹새

뻐꾹, 뻐꾹,
엄마는 뻐꾹새처럼
울어보았습니다.

황금찬(1918～　　　)

　시인. 강원도 속초에서 태어나, 일본 다이토 학원을 중퇴했으며, 서울 동성고등학교 등에서 제자를 가르쳤다.

　1953년 〈문예〉지에, 1955년 〈현대문학〉에 시가 추천돼 문단에 나왔다.

　1965년 첫시집 〈현장〉을 펴낸 후, 〈5월의 나무〉〈나비와 분수〉〈산새〉 등 많은 시집을 엮어냈다.

　「시문학상」과 「월탄문학상」을 받았다.

감상 : 동화 같은 시다. 이 시를 읽으면 어머니가 세상을 떠난 사람은 눈물이 핑 돌 것이요, 어머니가 살아 있는 사람은 가슴이 뭉클할 것이다.

　얼핏 읽으면, 슬픈 시 같아도 그렇지 않다. 오히려 가슴이 따뜻해 온다. 사랑의 시여서다. 사랑이 정겹고도 아름답게 마음에 물결을 일으킨다.

　이렇게 어머니와 자녀가 다정하고 화목하다면, 세상에 효도라는 말이 필요 없을지도 모르겠다.

풀 잎

박 성 룡

풀잎은
퍽도 아름다운 이름을 가졌어요.
우리가 '풀잎'이라고 그를 부를 때는
우리들의 입 속에서는 푸른 휘파람소리가 나거든요.

바람이 부는 날의 풀잎들은
왜 저리 몸을 흔들까요.
소나기가 오는 날의 풀잎들은
왜 저리 또 몸을 통통거릴까요.

그러나, 풀잎은
퍽도 아름다운 이름을 가졌어요.
우리가 '풀잎', '풀잎' 하고 자꾸 부르면,
우리의 몸과 맘도 어느덧
푸른 풀잎이 돼 버리거든요.

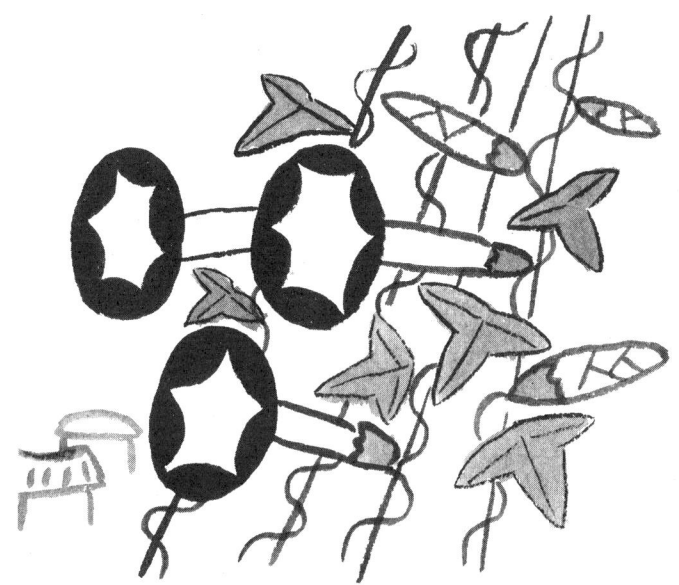

박성룡(1934~   )

 시인. 전남 해남에서 태어나, 중앙대학을 졸업하고, 한국일보 기자와 서울
신문 문화부장을 지냈다.

 1956년 〈문학예술〉지에 시를 추천 받아 문단에 나왔다. 서정시를 많이 썼
다. 1969년 첫시집 〈가을에 잃어버린 것들〉을 펴낸 후 〈춘하추동〉 등 엮어
냈다. 대표작은 〈과목〉.

 1961년 현대문학 신인상을 받았다.

 감상 : 풀잎의 아름다움이 잔잔히 가슴에 번져 오게 하는 시다. 풀잎은 이
름부터 아름답다. '풀잎' 하고 부르면 휘파람 소리처럼 들린다. 그래서 예쁘단다.

 바람 부는 날에도, 비 오는 날에도 그 흔들림이 보기 좋다.

 그보다 '풀잎' '풀잎' 하고 자꾸 부르면 우리 몸과 맘이 풀잎이 되는 것처
럼 느껴진단다. 아름다워서다. 우리가 아름다운 것을 보면 사물과 하나됨을
일깨워 주는 시다.

빗방울

유 경 환

빗방울 내려오며 생각한다.
난 어디에 떨어질까

고운 잔디밭의 풀꽃잎
먼 여행할 수 있는 시냇물
'……하지만 너무 심심해.'

빗방울 내려오며 생각한다
난 어디에 떨어질까

단내음 가득한 과수원
알알이 곱게 익은 옥수수밭
'……하지만 너무 심심해.'

빗방울 내려오는 동안
맑은 눈동자에 동그라니 기어든 마을

빗방울 눈 꼬옥 감고
'……아이들 있는 곳이면
아무래도 좋지 !'

유경환(1936~   )

시인. 동시인. 언론인. 황해도 장연에서 태어나, 연세대 정치외교과를 졸업하고, 조선일보 논설위원을 지냈다.

1957년 조선일보 신춘문예에 동시가, 1958년 〈현대문학〉에 시가 추천돼 문단에 나와 동시집 〈산노을〉 〈꽃사슴〉을 비롯 시집 〈생명의 장〉 등을 펴냈다.

대표작은 '꽃사슴'. 소천아동문학상과 대한민국문학상 등을 받았다.

감상 : 어린이의 귀함을 노래한 시다. 빗방울을 사람에 비겨 표현, 재미있다.

빗방울은 잔디밭, 풀꽃잎, 시냇물, 과수원, 옥수수밭 다 좋지만, 웬지 그런 곳은 심심할 것 같다.

그렇구나, 아이들이 있는 곳으로 가자. 친구도 하고, 얘기도 나누고, 얼마나 즐거운가. 빗방울은 그렇게 생각하고 있는 것이다. 많은 생명체 중 어린이가 가장 귀함을 이렇게 은근히 나타내고 있다.

그래요 그래서

조 유 로

사이좋게
내려요
사이좋게
비켜 나요.

비 아기
신나는
뜰을
보셔요.

앞서 내린
빗방울
비켜 난
자리

고 자리
내리고
비켜 나고
내려요.

고 마음
되되풀이
사이좋은
비 동무

그래요
그래서
비 오는
소리

사이좋게
— 또!
사이좋게
— 닥!

조유로(1930~   )

동시인. 경남 창녕에서 태어나, 교사 생활을 하다 신문 기자, 방송국 기획 위원으로 일했다.

1958년 동아일보 신춘문예에 당선돼 문단에 나왔다. 특히 행(줄)이 짧은 동시를 쓰는 데 많은 힘을 기울였다.

낸 책으로 동시집 〈하얀 칠판〉 〈산 넘어 온 편지〉 〈부산 부두에 오면〉 등 10여 권이 있다.

감상 : 생명의 목마름을 적셔주는 고마운 비가 내리고 있다. 그 빗방울을 아기에 비유해 '비 아기'라 노래했다.

수많은 비 아기가 내리지만 서로 부딪치지 않는다. 얼마나 사이 좋은가. 사람에 비기면 참으로 질서가 있고, 양보하고, 아끼는 마음이다.

'또닥—, 또닥—.' 빗소리가 정답게 들리는 것이 이 때문이다. 제 이익만 따지려 드는 세상 사람에게 얼마나 큰 가르침을 주는가.

지도 속에서

박 경 용

— 쬐그만 우리 마을이 빠지지 않았을까
가슴 두근거리며
우리 고장 지도를 들여다본다.

— 야, 있다! 그럼 그렇지!
손뼉을 친다.

우리 고장의
동쪽 가에 자리잡은
우리 마을, 그 한가운데쯤

빤히 등대가 바라뵈는
바닷가 우리 집을
눈어림으로 점 찍어본다.

파도 소리에 흔들리는 우리 집
볕살 푸짐한 뜰의 우리 집

— 살찐이는 지금쯤
툇마루에서 해바라기하고 있을까.

우리 고장, 우리 마을, 우리 집의
우리 고양이 숨결 소리가
지도 속에서 가릉가릉 번져 나온다.

박경용(1940~　　)

　동시인. 시인. 시조시인. 경북 포항에서 태어나 서라벌예대를 거쳐 동국대
학교를 졸업했다.

　1958년 〈동아일보〉와 〈한국일보〉 신춘문예에 당선, 문단에 나왔다.

　동시집 〈어른에겐 어려운 시〉 등 많은 동시집, 시집, 동화집을 펴냈다.

　세종아동문학상과 대한민국문학상을 받았다. 대표작은 〈귤 한 개〉〈빈 가
지에〉 등.

　감상 : 고향을 그리고 있는 시다. 지도를 보면서 고향을 그리워하는 시다.
지도에서 고장(고향)을 찾아 본다. 동쪽에 있는 바닷가 마을이다. 눈어림으
로 집을 점 찍어 보니, 파도 소리가 들려 오고, 뜰에는 볕이 가득 내렸다.
고향 집 고양이 숨 소리가 가릉가릉 들려 오는 듯하다. 그걸 '지도 속에서
가릉 가릉 번져 나온다'라고 멋지게 표현했다. 이야기하는 듯 써 시가 구수
한 느낌을 준다.

꽃 비

김 사 림

먼 산에
꽃비
비그르르 돌아

마을에
내려서
살구꽃 된다.

살구꽃
환한 마을을
비그르르 돌아

뜨락에 내려서
내려서는
나비가 된다.

김사림 (1939~1987)

동시인. 시인. 일본 오사카에서 태어나 경남 밀양에서 자랐다. 동국대 국문과를 졸업하고, 경원대 교수 등을 지냈다.

1958년 시집 〈사화집〉을 출간하고, 1960년 〈자유문학〉에 시가 추천돼 문단에 나왔다.

낸 책으로는 동시집 〈잎을 모아서〉와 시집 〈바람의 비밀〉 등이 있다. 제7회 세종아동문학상 수상.

감상 : 봄날에 내리는 비의 아름다움을 노래했다. 시골에 비가 몰아오는 풍경이 눈에 보이는 듯하다. '꽃비'라고 제목을 단 것은 봄비가 내림으로써 꽃을 피우기 때문인 듯하다.

먼 산으로부터 꽃비가 몰아와 어느 조용한 마을에 내려서 살구꽃을 피운다. 살구꽃이 활짝 핀 환한 마을을 꽃비는 다시 돌아 내려 나비떼처럼 너울거린다. 봄날 꿈속 같은 시골 마을의 정경이 아닐 수 없다.

분이네 살구나무
정 완 영

동네서 젤 작은 집
분이네 오막살이.

동네서 젤 큰 나무
분이네 살구나무.

밤 사이
활짝 퍼 올라
대궐보다 덩그렇다.

정완영(1919~   )
시조 시인. 동시인. 경북 금릉에서 태어났다. 1962년 시조가 〈조선일보〉 신춘문예에, 1967년 〈동아일보〉 신춘문예에 동시가 당선돼 문단에 나왔다.
낸 책으로는 시조집 〈실일의 명〉 〈채춘보〉 〈산이 나를 따라 와서〉 등과 동시조집 〈꽃가지를 흔들듯이〉 등이 있다. 한국문학상을 수상했다.   대표작은 동시조 '산골 학교'와 '분이네 살구나무' 등.

감상 : 한 수 짜리 동시조다. 분이네 집은 보잘것 없으나, 집에 있는 살구나무는 동네서 제일 크다. 동네서 젤 작은 집에 제일 큰 살구나무. 가뜩이나 작은 오막살이가 더 작아 보이지 않을까?
그렇지 않다. 살구나무가 활짝 꽃을 피워 대궐처럼 커 보이는 것이다. 그래서 오막살이에서 사는 분이네가 초라해 보이거나 조금도 불쌍하게 여겨지지 않는다. 자연이 주는 아름다움이 훌륭하고 값짐을 아주 잘 표현하고 있다. 3연이 특히 그렇다.

고요 · 18

박 용 렬

눈이 내리는
창가에 서면

누구인가 올 것만 같은
아득한 하얀 길.

저 멀리
아물거리는
앙상한 나무들

끝없는 벌판에 서서
새 봄을 기다리며
꿈을 꾸고
있을까?

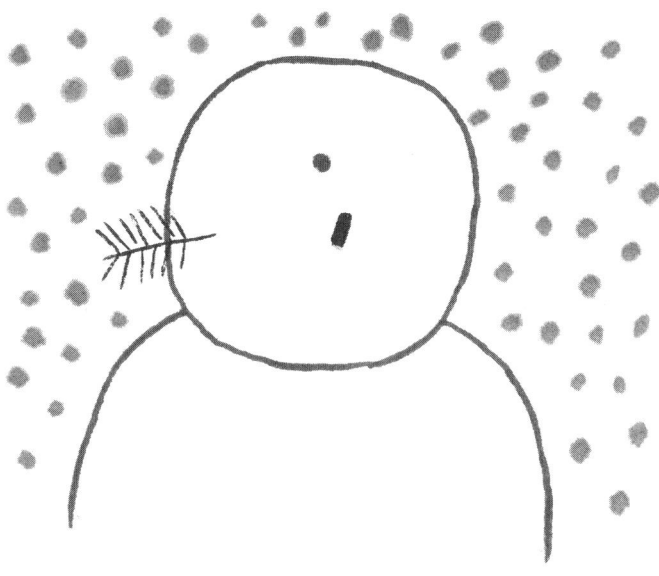

박용렬(1929~   )
  동시인. 함경북도 청진에서 태어나, 성진의학 전문학교를 졸업한 후 오대산 월정사에서 승려 생활을 했다. 지금은 강원도 고성군 토성면 '신진의원' 원장.
  1959년 〈경향신문〉과 〈동아일보〉 신춘문예에 동시가 당선, 문단에 나왔다. 동시집 〈엄마〉 〈고요〉 등을 펴냈다. 대표작은 〈노을〉 〈달밤〉 등. 한국동시문학상과 불교아동문학상을 받았다.

  감상 : 이 시는 〈고요〉라는 제목으로 쓴 연작시 중의 한 편(18번째)으로, 조용한 시적 분위기가 살아 있다. 제목을 〈고요〉로 한 까닭이 여기에 있다.
  눈 내리는 창가에 서면 누가 올 것만 같다. 그래서 저절로 기다려진다. 벌판의 나무도 그런 것 같다. 마치 봄을 기다리기나 하듯이.
  이 시는 이런 풍경을 그렸지만, 눈 오는 벌판을 보면서 '봄의 기다림'을 나타낸 것이다.

엄마라는 나무

신 현 득

엄마는
가지 많은 나무.

오빠의 일선 고지서
소총의 무게 절반을 오게 하여
가지에 단다.
오빠 대신 무거워 주고 싶다.

시집간 언니 집에서
물동이 무게 절반을 오게 하여
가지에 단다.

그 무게는 무게대로 바람이 된다.
동생이 골목에서 울고 와도
그것이 엄마에겐 바람이 된다.

뼈마디를 에는 섣달 추운 날
엄마는 오빠 대신 추워 주고 싶다.
그런 맘은 모두
폭풍이 된다.

엄마라는 나무
바람 잘 날 없다.

신현득(1933~   )

동시인. 경북 의성에서 태어나, 안동 사범학교를 졸업하고 교원 생활을 한 후 소년한국일보 취재부장을 지냈다.

1960년 〈조선일보〉 신춘문예에 동시가 당선, 문단에 나온 후 동시집 〈고구려의 아이〉 〈아기눈〉 〈엄마라는 나무〉 등을 펴냈으며, 세종아동문학상과 대한민국문학상 등을 받았다. 대표작은 〈문구멍〉 〈아기가 자는 동안에도〉 등.

감상 : 어머니의 사랑을 노래한 시다. 이 시에서 어머니는 가지 많은 나무에, 바람은 근심, 걱정으로 비유하고 있다.

오빠 소총의 무게와 언니 물동이 무게를 가져와 가지에 단다. 오빠의 군복무와 언니의 시집살이가 걱정돼서다.

동생이 골목에서 울고 와도 근심이 된다. 그런 것이 다 어머니라는 나무에 바람이 된다. 그러나 어머니는 그런 근심 걱정을 사랑의 마음으로 견뎌낸다.

어머니

김 종 상

들로 가신 엄마 생각,
책을 펼치면
책장은 그대로
푸른 보리밭.

이 많은 이랑의
어디만큼에
호미 들고 계실까,
우리 엄마는.

글자의 이랑을
눈길로 타면서
엄마가 김을 매듯
책을 읽으면,

싱싱한 보리숲
글 줄 사이로
땀 젖은 흙 냄새
엄마 목소리.

김종상(1937~   )

동시인. 경북 안동군에서 태어나, 안동사범학교를 졸업했다. 현재 서울의 유석국교 교감.

1960년 〈서울신문〉 신춘문예에 동시가 당선, 문단에 나와 〈흙손 엄마〉 〈어머니 그 이름은〉 〈생각하는 돌멩이〉 등 여러 권의 동시집을 펴냈다.

세종아동문학상과 대한민국문학상 등을 받았다. 대표작은 〈아기 잠〉 〈산 위에서 보면〉 등.

감상: 책을 펼쳐 들고 있으니 보리밭에 일하러 가신 어머니 생각이 난다. 어머니가 무척 고생스럽게 느껴진다. 보리밭을 맬 어머니는 얼마나 고될까. 책을 펼쳐 읽고 있으나, 어머니 모습만 떠오른다.

생각할수록 어머니에 대한 고마움이 솟는다. 어머니에 대한 따뜻한 정이 느껴진다. 힘겹게 일하는 어머니를 생각하는 마음이 가슴을 찡하게 한다.

강·5

전 정 남

개울일 때가
좋아라
졸랑 졸랑
흘러가는
개울일 때가
좋아라.

강 넓은
품 안 물줄기에 들어서면

큰 폭
흐름에 싸여
도사리기 어려워
졸랑거린
개울일 때가 좋아라.

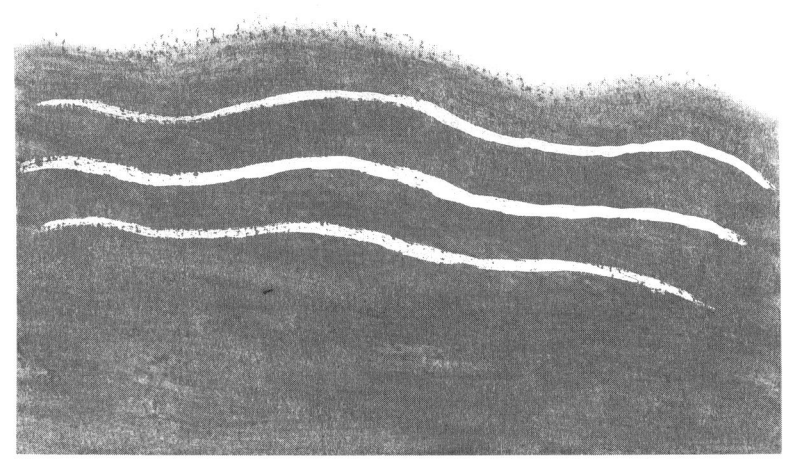

전정남 (1939~   )
　동시인. 대구에서 태어나, 효성여자대학교 국문학과를 졸업했다. 고등학교 교사로 근무하고 있다.
　1960년 〈영남일보〉에 동시가 당선, 문단에 나와 동시집 〈하얀 달〉을 펴내는 등 활동을 했다.
　대표작은 '봄비 나리는데' '고추잠자리' '하얀 달' 등. 한국동시문학상을 받았다.

　감상 : 어린 시절의 좋음을 노래했다. 그래서 '좋아라'라는 말을 세 번이나 썼다. 어른이 되어(강 넓은 / 품 안 물줄기) 문득 돌아보니, 어릴 때가 그리워지는 것이다. 개울은 말할 것도 없이 어린 시절을 뜻한다.
　어려운 세상살이(큰 폭 / 흐름에 싸여 / 도사리기 어려워)에 휩싸이다 보니 어린 시절이 행복했음을 깨닫게 되었다는 이야기다.
　'졸랑 졸랑'이라는 의태어를 어린이 몸짓에 비유, 참 재미있다.

가을이 오나 보다
이 희 철

벼꽃이 핀다.
수숫목이 나온다.

참새들
먼저 보고
조잘거린다.

하늘이 파래진다.
고추가 빨개진다.

밀잠자리
줄지어
구경 다닌다.

'링, 링, 링······'
은방울 목에 걸고
가을이 오나 보다.

이희철 (1922~   )

  동시인. 강원도 철원에서 태어나, 일본 메지로 상업학교를 중퇴했다. 27년 동안 교직 생활을 했다.

  1961년 〈서울신문〉 신춘문예 동시가 당선, 문단에 나왔다. 동시와 함께 동화도 썼다.

  낸 책으로 동시집 〈초록 피리〉 〈바람개비〉 〈가을 산바람〉과 시집 〈안신〉 등이 있다.

  감상 : 가을이 오는 풍경이 눈에 보이듯 잘 그려졌다. 벼가 익고, 수수 이삭이 나오고, 참새들이 날아다닌다. 하늘은 더 새파래지고, 고추가 익어간다. 잠자리도 떼지어 난다. 이 모든 것이 가을 풍경이다.

  마지막 연의 '은방울 목에 걸고 / 가을이 오나 보다.'라는 표현이 특히, 가을이 오는 광경을 눈앞에 떠오르게 하면서도 재미있게 느껴진다.

새와 산

이 오 덕

새 한 마리
하늘을 간다.

저쪽 산이
어서 오라고
부른다.

어머니의 품에 안기려는
아기같이

좋아서 어쩔 줄 모르고
날아가는구나!

이오덕 (1925~   )
동시인. 아동문학 평론가. 경북 청송에서 태어나, 영덕농업보습학교를 거쳐, 교원 시험에 합격한 후 국민학교 교장을 지냈다.
1971년 동아일보 신춘 문예에 동화가 당선돼 문단에 나와, 동시 〈까만 새〉 〈개구리 울던 마을〉 등과 동화집 〈종달새 우는 아침〉 등을 펴냈다. 한국아동문학상과 단체상을 받았다.

감상 : 자유로이 날아가는 새의 기쁨, 즐거움을 노래한 시다. 그 날아가는 모습이 너무 좋아 마치 산이 부르는 것처럼 느껴지는 것이다.
또 어머니의 품을 찾아가는 아기같이도 보인다. 그러니 '좋아서 어쩔 줄 모르고 / 날아가는구나!'로 표현되는 것이다. 이 끝연이 너무 멋지다.
자유로움이 이처럼 동물에게나 사람에게나 즐거움을 준다는 것을 은근히 나타냈다.

과 일

김 원 기

내 작은 정원에
충만해 있던
푸르른
합창.

소리는 날아가
하늘에 배어
들릴 듯 들릴 듯
무게만 남아

손바닥에 꽉 차는
화음
혀끝에 감도는
선률.

김원기 (1937~1988)

동시인. 시인. 강원도 명주에서 태어나, 강릉사범학교를 졸업하고, 국민학교 교감과 장학사 등을 지냈다.

1962년 〈한국일보〉 신춘문예에 동시가 당선되어 문단에 나왔다. 1980년 〈현대시학〉에 시가 추천돼 시를 썼다.

낸 책으로 동시집 〈풍선을 한 다발씩〉 〈산 위에서〉와 동화집 〈거꾸로 가는 달력〉 등이 있다. 한국아동문학작가상 수상.

감상 : 작은 뜰에 나무가 가득 서 있다. 푸른 잎들이 손을 흔드는 모습이 합창 같다.

나뭇잎이 지고(소리가 날아가) 과일만 달려 있다. 이것을 '무게만 남아' 있다 라고 재미있게 표현했다.

'손바닥에 꽉 차는 / 화음'은 과일의 크기를 말한다. 참 먹음직스럽구나. 침을 삼키는 모습이 '혀끝에 감도는 / 선률'로 표현되었다.

아랫목

이 상 현

눈이 내리질 않는
겨울 밤에도
아랫목은 늘 비좁다.

엄마 아빠
온 식구가
자다가도 더듬어 오는
아랫목.

서로서로 비좁다고
눈을 감아도 짜증내는
겨울 밤의 아랫목.

덮은 이불이
슬쩍슬쩍 끌려가는
그 아랫목.

아기의 꿈도
어느 새
좁은 틈에 끼여 자네.

저것 좀 봐!
문틈으로 새는 바람에
감기나 들면 어쩔까?

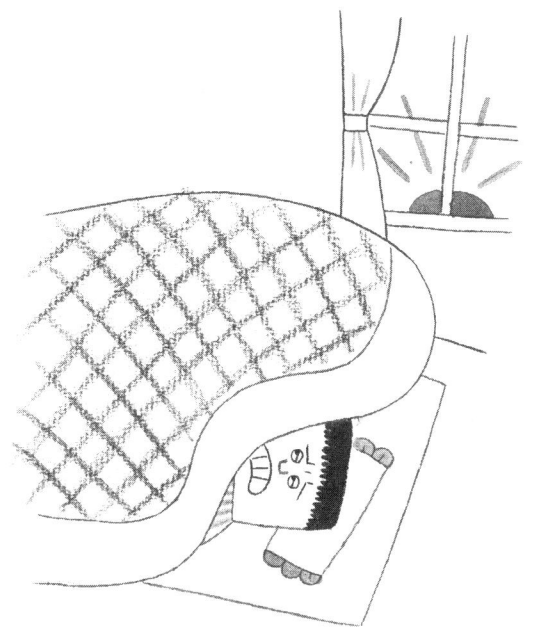

이상현 (1940~　　　)

　동시인. 전남 보성군에서 태어나, 고려대 영문과를 졸업하고, 조선일보 사회부 기자 등을 지냈다.

　1962년 경향신문 신춘 문예에 동시 〈수레〉가 당선, 문단에 나왔다. 세종아동문학상과 소천아동문학상을 수상.

　동시집 〈스케치〉〈생각나는 소년〉과 동화집 〈꽃게〉〈날아다니는 동화〉, 문학 평론집 〈한국 아동문학〉 등을 펴냈다.

　감상 : 아랫목은 정다운 이야기도, 포근한 사랑도 우러나게 한다.　가난한 집안의 단칸방 아랫목이면 더더욱 그렇다. 가난에서 오는 슬픔 같은 것 때문에 자칫 식구끼리 멀어질 듯한 사랑도 한 끈으로 묶이게 하는 게 아랫목이다.

　이 시는 그걸 노래한 작품이다. 잠잘 때는 얌전하게들 제자리에 들었는데, 나중에는 아랫목으로 몰린다. 아기의 꿈까지도 좁은 틈에 끼여 잔다는 표현이 무척 따뜻한 느낌을 준다.

이른 봄 들에서
문 삼 석

사르륵
사르륵

"여보셔요
계셔요?"

속삭이는
봄비.

소로록
소로록

"누구셔요?
나가요."

내다보는
새싹.

문삼석 (1942~   )
  동시인. 전남 구례에서 태어나, 광주 사범학교를 졸업하고, 국민학교 교사를 거쳐 고등학교 교사로 근무하고 있다.
  1963년 조선일보 신춘문예에 당선, 문단에 나왔다. 세종아동문학상과 대한민국문학상, 소천아동문학상 등을 받았다.
  동시집 〈산골물〉〈가을 엽서〉〈이슬〉 등을 펴냈다. 대표작은 〈산골물〉〈이슬〉〈밤비〉 등.

감상 : 많은 사람들은 봄비가 내리는 '사르륵 사르륵' 소리만 듣고, "여보셔요. / 계셔요?"하는 마음의 소리는 듣기 어려울 것이다. 또 '소로록 / 소로록'하는 새싹의 소리도 듣기 힘들 것이다.
  봄비가 내리는 정경과 새싹이 돋는 **모습**을 의인화, 재미있게 그렸다. 특히, 새싹이 싹트는 걸 '내다보는 / 새싹' 이라고 한 표현이 멋지다.

병아리

엄 기 원

조그만 몸에
노오란 털옷을 입은 게
참 귀엽다.

병아리 엄마는
아기들 옷을
잘도 지어 입혔네.

파란 풀밭에 나가 놀 때
엄마 눈에 잘 띄라고
노란 옷을 지어 입혔나 봐.

길에 나서도
옷이 촌스럴까 봐

그 귀여운 것들을
멀리서
꼬꼬꼬꼬
달음질시켜 본다.

엄기원 (1937~   )
  동시인. 강원도 명주에서 태어나, 강릉 사범학교와 명지대 국문과를 졸업
했다. 국민학교 교사를 지냈다.
  1963년 한국일보 신춘문예에 동시가 당선 문단에 나와, 한정동아동문학상
을 받았다.
  동시집 〈나뭇잎 하나〉 〈아기와 염소〉 〈아기 크는 집〉 〈꽃이 피는 까닭〉과
동화집 〈이야기하는 교실〉 등을 엮었다.

  감상 : 지금도 시골에 가면 암탉이 많은 병아리를 거느리고 나들이하는 평
화로운 광경을 볼 수 있다.
  이 시는 그런 정경을 그린 작품이다. 어미닭과 병아리를 의인화시켜 재미
있게 그렸다.
  노란 털옷을 지어 입힌 걸 어미닭 눈에 잘 띄도록 하기 위한 것이었다라는
표현이나, 촌스러울까 봐 달음질시켜 본다는 표현도 참 재미스럽다.

아버지의 안경

이 탄

무심코 써 본 아버지의 돋보기,
그 좋으시던 눈이
점점 나빠지더니
안경을 쓰게 되신 아버지,
렌즈 속으로
아버지의 주름살이 보인다.

아버지는
넓고 잔잔한 바다 같은 눈으로
자식의 얼굴을 바라보신다.

그 좋으시던 눈이 희미해지고
돋보기 안경을 쓰시던 날,
얼마나 가슴 찡하셨을까.

돋보기 안경을 들여다보고 있으려니,
아버지의 주름살이
자꾸만 자꾸만
파도가 되어 밀려 온다.

이탄(1940~   )
 시인. 동시인. 서울에서 태어나 한국외국어대 영문학과 졸업. 문학박사.
〈새소년〉 편집장과 〈여원〉 취재부장 등을 지내고, 지금은 한국외국어대 교수.
 1964년 동아일보 신춘문예에 시가 당선, 문단에 나왔다. 월탄문학상과 한
국시인협회상을 받았다.
 시집 〈바람 불다〉 〈줄 풀기〉 〈대장간 앞을 지나며〉 등을 펴냈다.

 감상 : 늙어 가는 아버지에 대한 안타까운 마음을 나타낸 시다.
 아버지의 주름살이 돋보기 안경 속에서 더욱 깊고 굵게 보여 마음이 아프
다. 아픈 마음이 파도처럼 가슴을 친다.
 희미해진 눈이지만, 자식을 바라보는 눈은 넓고 잔잔한 바다 같아서 아버
지의 사랑을 한껏 느끼게 된다.
 '아버지 늙지 마셔요. 자식들 때문에 다 늙으셨지요?' 이런 말이 들려 오
는 듯하다.

돌 담

허 동 인

울퉁
불퉁
와그르르
곧 무너질 것 같아도

서로가
꽉 잡고
의지하며
버틴다.

정말이지
나 하나 하나의
몫이
참으로 중요하다.

그 위로
하늘 향해
뻗어 오른
긴 호박덩굴이
마음 푹 놓고
커다란 꽃으로
노랗게 웃는다.

허동인 (1941~   )

동시인. 일본에서 태어나 경북 월성에서 자랐다. 안동사범학교를 졸업 후 국민학교 교사를 거쳐 중학교 교사로 근무하고 있다.

1964년 경향신문에 동시가 입선, 문단에 나와 주로 생활 동시를 썼다.

저서로 동시집 〈조약돌 형제〉〈조갑지의 꿈〉〈산골 우체부 아저씨〉 등이 있다.

감상 : 어려운 일이 닥칠 때는 서로 의지하며 버티어야 된다는 생각을 머리에 떠올리게 한다. 그럴 때는 나 한 사람의 힘도 무척 중요함을 일깨운다.

'나란 어떤 존재인가? 얼마만큼의 힘이 있는가? 어느 정도 중요한가' 하는 자신에 대한 존재 이유를 되물어 보게 하는 시이기도 하다.

끝 연이 이 시의 초점이다. 서로 기대고 도울 때 그것은 이웃에게도 도움이 된다는 이야기다.

달 밤

박 종 현

두웅실
산마루에
오르는
달.

달이
나를
보고

마알간
웃음.

두웅
내 가슴에
솟는
마음,

내가
달을
보고

환한
웃음.

박종현(1939~   )
  동시인. 전남 구례에서 태어나, 광주사범학교를 졸업하고, 국민학교 교사를 지냈다. 지금은, 1976년 아동문학 전문 잡지인 월간 〈아동문예〉를 창간, 주간으로 일하고 있다.
  1965년 동시집 〈빨강 자동차〉를 펴내면서 문단에 나와, 동시집 〈손자들의 숨바꼭질〉〈구름 위에 지은 집〉〈아침을 위하여〉, 동화집 〈별빛이 많은 밤〉 등의 저서를 엮어냈다. 한정동 아동문학상과 대한민국문학상을 받았다.

감상 : 환하게 떠오르는 달을 보고 마음이 밝아옴을 그린 시다.
  산마루에 솟는 달이 마치 나를 보고 말갛게 웃는 듯하다. '두웅실' 이라는 말은 달이 천천히 솟는 광경을 나타내기 위해, 말을 짧게 끊어 쓴 것은 달뜨는 광경을 눈에 보이듯 그리기 위해 쓴 것이다.
  달의 맑은 얼굴을 보고 나니 이번엔 내 마음이 달처럼 솟아 '환한 / 웃음' 이 인다. 마음이 밝아온다는 뜻이다.

바닷가에서

정 진 채

파도가 밀려간
바위 틈,
소라게가 집을 업고 놀러 나왔다.

동그란 처마 밑으로
빨갛고 예쁜 발이
햇빛에 반짝인다.

이 넓은 바다의 한쪽에
요렇게 작은 꼬마 소라게가

용하게 살고 있다.
바다의 한 식구
소라게가.

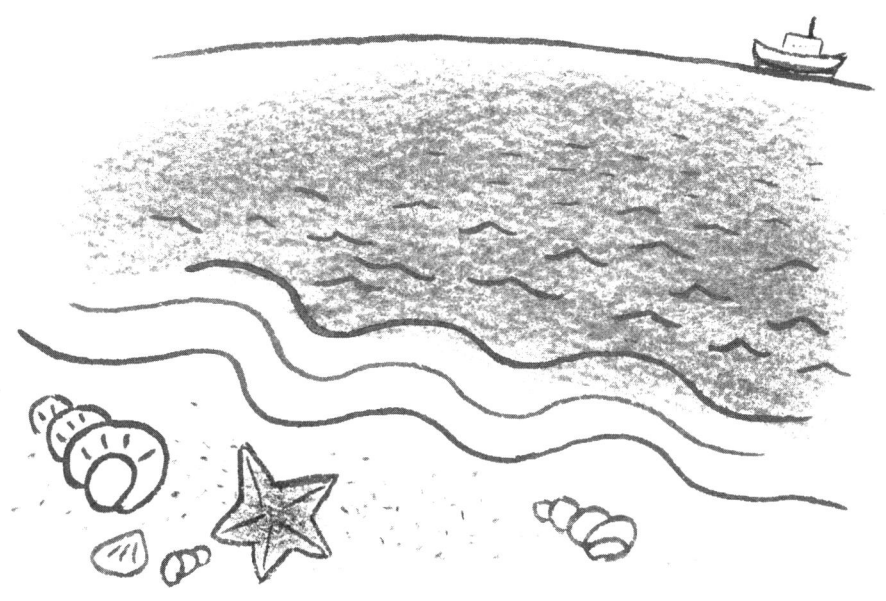

정진채 (1936~   )

　동화 작가 · 동시인. 경북 청도에서 태어나, 포항 수산대학을 졸업하고, 국민학교 교감을 지냈다.

　1965년 동시집 〈꽃밭〉을 펴내고, 72년 동아일보 신춘문예에 동화가 당선돼 문단에 나왔다.

　〈무화과 이야기〉〈반디야 반디〉 등 많은 동화책을 펴냈다. 한국아동문학상과 대한민국문학상 등을 받았다.

　감상 : 자연의 신비함을 노래한 시다. 파도가 밀려간 바닷가 바위 틈에 조그만 소라게가 껍데기를 업고서 살금살금 기어다닌다.

　햇빛에 빨갛게 보이는 소라게의 발! 참 예쁘고 귀엽다. 거센 파도가 이는 넓은 바다에 그렇게 조그만 소라게가 바다의 한 식구로 살아가고 있다니!

참으로 신기하구나.

　넓은 세상 한쪽 구석에 작지만 탈없이 살아가는 생명의 귀중함을 일깨워준다.

씨앗은 씨방에 넣어 보관하고
오 규 원

씨앗은
씨방에 넣어 보관하고
나뭇가지 사이에
걸려 있는 바람은
잔디 위에 내려놓고
밤에 볼 꿈은
새벽 2시쯤 놓아 두고

그 다음
오늘이 할 일은

두 눈을
지그시 감고
생각에 잠기는 일이다.

가을은
가을 텃밭에 묻어 놓고
구름은 말려서
하늘 높이 올려놓고

그 다음
오늘이 할 일은

겨울이 오는 길이
쓸쓸하지 않도록

몇 송이 코스모스를
계속 피게 하는 일이다.

다가오는 겨울이
섭섭하지 않도록

하루 한 걸음씩
하루 한 걸음씩만
마중 가는 일이다.

오규원 (1941~   )
  시인·동시인. 경남 삼랑진에서 태어나, 동아대학교 법학과 졸업. 현재 서울예전 문예창작과 교수.
  1966년 〈현대문학〉에 시 추천을 받아 문단에 나와 시집 〈분명한 사건〉 〈왕자가 아닌 한 아이에게〉 등을 펴냈다.
  대표작은 '여름에는 저녁을' '나무가 있는 풍경' 등. 현대문학상을 받았다.

  감상 : 참 재미있는 상상의 세계다. 시인은 '오늘'을 생각하고 느끼는, 사람과 같은 생명으로 여기고 있다.
  늦가을의 어느 날 쯤으로 생각되는 '오늘'이란 생명. 그가 할 일과 한 일로써 이 시는 씌어져 있다.
  그 '오늘'이 할 일과 한 일은 씨앗을 보관하고, 바람을 잔디에 불게 하고, 꿈도 꾸게 하고, 생각에도 잠기고, 가을이 오게 하고, 코스모스꽃을 피우고, 마지막엔 겨울 마중을 가는 일이다.

봄 비

오순택

나직나직
꽃의 말에
귀 기울이는
봄비.

꽃잎에
고운
발자국을 놓고 간다.

알몸이 되어
푸르르 푸르르 떨고 있는
풀잎에 앉으면
초록 구슬이 되는
봄비.
연못엔
음표를 놓고 간다.

오순택 (1942~   )

동시인, 시인. 전남 고흥에서 태어나, 순천 농림전문학교를 졸업했다. 현재 〈치과기보〉 편집국장.

1966년 〈시문학〉지에 시가 추천되어 문단에 나온 후, 시집 〈남도사〉 등과 동시집 〈까치야 까치야〉 〈종달새 방울 소리〉 등을 펴냈다.

대표작은 '봄비' '새는 꽃빛깔로 운다' 등. 한국동시문학상과 대한민국문학상을 받았다.

감상 : 말을 갈고 닦아, 군더더기가 없는 시다. 갈고 닦은 고운 말로 해서 아름답게 느껴지는 시다.

이 시에서 '봄비가 내린다'는 표현은 한 군데도 없다. 다만 '발자국을 놓고 간다'라든가, '음표를 놓고 간다'고 나타냈을 뿐이다. 그것이 봄비가 내리는 아름다운 정경을 그리는 데 큰 역할을 한 것이다. 봄비를 이처럼 봄비로 보지 않고 다른 사물로 멋지게 비유한 데서 좋은 시가 탄생했다.

시계가 셈을 세면
최 준 해

아이들이 잠든 밤에도
셈을 셉니다.

똑딱 똑딱
똑딱이는 수만큼
키가 자라고
꿈이 자라납니다.

지구가 돌지 않곤
배겨나질 못합니다.
별도
달도 돌아야 합니다.

씨앗도 땅 속에서
꿈을 꾸어야 합니다.

매운 추위에 떠는 나무도
잎 피고 꽃 필, 그리고 열매 맺을
꿈을 꾸어야 합니다.

시계가 셈을 세면
구름도
냇물도 흘러갑니다.

가만히 앉아 있는 바위도
자리를 뜰 꿈을 꿉니다.

시계가 셈을 세면
모두 모두
움직이고
자라납니다.

최춘해(1932~   )
　동시인. 본명은 춘매. 경북 상주군 사벌면에서 태어나, 대구교육대학 교원
교육원을 졸업했다. 지금 국민학교 교장.
　1967년 〈매일신문〉 신춘문예에 동시가 당선돼 문단에 나와, 〈시계가 셈을
세면〉 〈생각이 열리는 나무〉 〈젖줄을 물린 흙〉 등의 동시집을 펴냈다.
　한국아동문학상과 세종아동문학상을 수상했다.

감상 : 시인은, 우리는 시간을 따라 움직이고, 자라고 있으며, 온 세상 모
든 것이 그렇다고 생각했다. 놀라운 생각이다.
　시계가 셈을 세어 주면 하루가 가고, 한 달이 가고, 한 해가 간다. 또 지
구도 돌아간다. 아니, 돌지 않고는 배겨나지를 못한다.
　그리고 씨앗은 싹 틔울 준비를 하고, 나무는 꽃 피우고 열매 맺을 생각을
한다. 무거운 바위도 부서져 돌멩이가 되고 모래와 흙이 된다. 세월 앞에선
모두가 변한다.

창가에서

제 해 만

서리 내린 아침
교실 유리창에
하얀 성에 끼었다.

누가 쓴 것일까.
'엄마' 라고
또렷이 쓴 글씨.

그 옆에 나도
'눈물' 이라고 쓰자
주르르 눈물이
흐르고,

'웃음' 이라
썼을 땐
환히
햇살이 넘어 왔다.

지금쯤
어머니는
웃고 계실까.

걱정 끼치고
학교 온
아침 창가에서.

제해만(1944~   )

동시인. 시인. 경남 의령에서 태어나, 단국대학교 국문학과를 졸업했다.

1967년 〈매일신문〉 신춘문예에 당선되고, 68년 〈한글문학〉에 동시가 추천 돼 문단에 나왔다. 〈시조문학〉과 〈시문학〉지에 시조와 시도 추천받았다.

저서로 동시집 〈갈매기 소년〉 〈바람집〉, 시집 〈도시의 서쪽〉 등이 있다. 대한민국문학상 등을 받았다.

감상 : 성에 낀 유리창에 '눈물'이라고 쓰니 눈물이 주르르 흘렀다. 아침에 어머니에게 걱정을 끼치고 왔기 때문이다. 어머니에게 미안한 생각이 들어서 다. 고생하시는 어머니가 있는 모양이다.

'웃음'이라고 쓰니, 어머니의 웃는 모습이 떠오른다. 걱정을 끼쳤는데 웃 고 계실까? 울고 계실까? 걱정 끼친 걸 뉘우치고 있는 시다. 괜히 그랬구 나. 그렇지 않아도 고생하시는데. 이런 마음이 잔잔히 전해 온다.

신작로

김 완 기

친구와
말다툼
입이 뾰로통.

신작로 양쪽으로
돌멩이를 던진다
미루나무 위로.

헤어지는
갈림길
둘이는
말이 없다.

저만치
뒤돌아보면
친구도
뒤돌아본다.

오가는 마음
신작로 넓은 길.

김완기(1938~   )
  동시인. 강원도 강릉에서 태어나, 강릉사범학교 관동대학교를 졸업했다.
지금은 국민학교 교장이며 한국 글짓기 지도회 회장이다.
  1968년 〈서울신문〉 신춘문예에 동시가 당선, 문단에 나와 동시집 〈산마을
산토끼〉〈하늘이 단지 속에〉, 동화집 〈꽃마차 공주님〉 등 저서를 펴냈다.
  한정동 아동문학상과 한국아동문학작가상, 한인현 글짓기 지도상 등을 받
았다.

  감상 : 생활시로, 마음의 움직임을 잘 잡아 그렸다. 말을 아껴 군더더기 없
이 할 얘기를 다 한 점이 두드러진다.
  친구와 다투고 화가 풀리지 않은 채 신작로를 걸어 같이 집으로 돌아가는
길이다. 화풀이로 돌멩이를 던지면서.
  헤어지면서도 화가 덜 풀려 인사를 못했다. 저만치 가다 뒤돌아보니, 친구
도 돌아보고 있었다. 역시 같은 마음이다. 화는 나.있지만 이미 마음은 이처
럼 통하고 있었다. 친구 사이란 이렇다.

들국화

김 녹 촌

바람이 지나가는
그런 산기슭
귀뚜라미 우는
그런 풀밭에.

불볕 한여름을
잡초 속에서
쑥부쟁이로 서럽게
숨어 살더니,

어느 무서리 내린 날,
아침에사
참았던 웃음
한꺼번에 터뜨리는
들국화야.

한때 뽐내던 모든 이파리들
시들어 쓰러졌어도
서릿발에 세수한 듯
오히려 상쾌한 웃음.
들국화야.

어두운 그늘 헤치고
피어났기에
하늘에 사무치는 기쁨
아우성
아우성아.

송이송이
별눈 반짝이는
영아의 얼굴이 보인다.
속이빨 하얀 순이의
함박 웃음이 흩어진다.

김녹촌(1927~   )
동시인. 전남 장흥에서 태어나, 광주 사범학교를 졸업하고, 국민학교 교장
으로 정년 퇴임했다.
1968년 동아일보 신춘문예에 동시가 당선 문단에 나와, 동시집〈소라가 크
는 집〉〈쌍안경 속의 수평선〉 등을 펴냈다.
대표작은 동시 '연' '종달새' 등. 세종아동문학상을 받았다.

감상 : 모든 꽃들이 다투어 피어나는 봄과 여름 동안에 들판의 잡초 속이나
산기슭의 잔디밭에서 하찮은 숙부쟁이로 숨어 살다가 가을 무서리 내린 날
아침에사 활짝 피어난 들국화의 아름다움을 노래한 시다.
모든 꽃과 풀들이 저마다 아름답고 싱싱함을 자랑할 때는 겸손하게 숨어
살다가 그런 꽃과 풀들이 시들어 쓰러진 가을날 높은 향기로 피어난 들국화
의 절개가 감동을 준다.

별을 보며

이 해 인

고개가 아프도록
별을 올려다본 날은
꿈에도 별을 봅니다.
반짝이는 별을 보면
반짝이는 기쁨이
내 마음의 하늘에도
쏟아져 내립니다.
많은 친구들과 어울려 살면서도
혼자일 줄 아는 별
조용히 기도하는 모습으로
제자리를 지키는 별
나도 별처럼 욕심없이 살고 싶습니다.
얼굴은 적게 보여도
마음은 크고 넉넉한 별
먼 데까지 많은 이를 비춰 주는
나의 하늘 친구 별
나도 별처럼
고운 마음 반짝이는 마음으로
매일을 살고 싶습니다.

이해인 (1945~   )
동시인. 시인. 인천에서 태어나, 필리핀 성 루이스 대학과 서강대학교 대학원을 졸업하고, 지금 수녀 생활을 하고 있다.
1970년 〈소년〉지에 동시가 추천돼 문단에 나와 동시집 〈엄마와 분꽃〉, 시집 〈민들레의 영토〉〈내 혼에 불을 놓아〉〈오늘은 내가 반달로 떠도〉 등을 펴냈다. 새싹 문학상과 〈여성동아〉 대상을 받았다.

감상 : 기도하듯 쓴 시다. 어느 날 밤 오래도록 별을 쳐다보고 잠을 잤더니, 꿈에도 별을 보았다. 그 별은 반짝이는 기쁨으로 '마음의 하늘에도 / 쏟아져 내렸다.'
수많은 별이 하늘에 떠 어울려 있지만 혼자일 줄도 안다. 기도하듯 제자리를 지키고 있다. 마음도 크고 넉넉하다. 지은이는 '고운 마음 반짝이는 마음으로 / 매일을 살고 싶은' 것이다. 욕심없이

옥수수

선 용

— 묵찌빠!
— 묵찌빠!

네 차례다
내 차례다

덜 여문 이빨
덜 여문 가을

옥수수
나무마다

— 빠찌묵!
— 빠찌묵!

네가 먼저 익나
내가 먼저 여무나

— 아냐
— 아냐

우리 꼭 같이
꼭 같이 여물자

옥수수밭 가을 해
그래 따스다.   * 묵찌빠 : 가위 바위 보

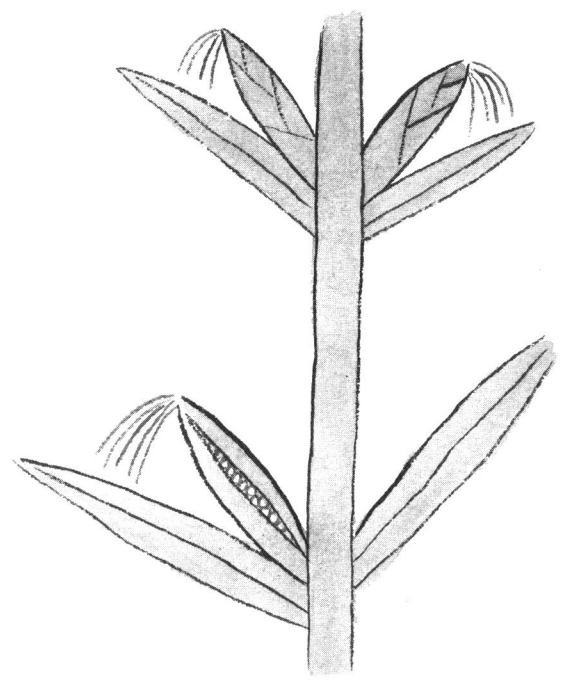

선 용(1942~   )

동시인. 중국 문학 번역가. 일본 도쿄에서 태어나 경남 김해에서 자랐다. 동아대학교를 수학하고, 자유중국 중화함수 학교를 졸업했다. 지금은 부산 문화방송이 발행하는 〈어린이 문예〉 주간.

중국 아동 문학 작품을 20여 권 번역 출간했다. 저서로 동시집 〈등꽃〉 〈은 빛 노래〉 등 많다. 현대 아동문학상과 새싹 문학상을 받았다.

감상 : 한 편의 짤막한 동화를 읽는 듯한 느낌을 준다. 풀어 쓴다면 아주 짧 은 이야기가 될 것이다. 마지막 연을 제외하고는 처음부터 끝까지 대화체로 이어져, 구수하고 재미있다.

가을이 오는 모습을 옥수수가 익어가는 것에 비유해 나타냈다. 사람들도, 다투지 않고 사이좋게 여무는 옥수수처럼 다정하게 살아가기를 은근히 말하 고 있다.

키를 잰다

김 구 연

벽 기둥에
자를 만들어 놓고
키를 잰다.
날마다 날마다
형제들이.

그것도
재어 보았니?
생각의 키.

김구연(1942~   )
동시인. 본명은 김치문으로, 서울에서 태어나 영신고등학교를 졸업했다.
1971년 〈월간문학〉지 신인상에 동시가 당선, 문단에 나와 동시집   〈빨간
댕기 산새〉〈분홍단추〉 등과 동화집 〈자라는 싹들〉 등을 펴냈다.
새싹문학상과 세종아동문학상, 소천아동문학상을 받았다.

감상 : 시는 말을 적게 쓰면서 가장 많은 생각을 품고 있어야 한다. 이 시
는 시의 그런 요소에 충실하려고 애쓴 시다. 짧고, 말의 군더더기 없는 시다.
어린이들은 자신의 키가 얼마나 자랐는지 늘 궁금해 한다. 그렇다고 키를
아무데서나 재어 볼 수 없다. 그래서 벽 기둥에 자를 그려 놓고 잰다.
그런 얘기를 하다가 시인은 독자에게 '생각의 키'는 얼마나 자랐는지 물어
본 것이다.

길을 가다

이 준 관

길을 가다 문득
혼자 놀고 있는 아기새를 만나면
다가가 그 곁에 가만히 서 보고 싶다.
잎들이 다 지고 하늘이 하나
빈 가지 끝에 걸려 떨고 있는
그런 가을날.
혼자 놀고 있는 아기새를 만나면
내 어깨와
아기새의 그 작은 어깨를 나란히 하고
어디든 걸어 보고 싶다.
걸어 보고 싶다.

이준관 (1949~   )
동시인. 시인. 전북 정읍에서 태어나 전주교육대학을 졸업했다.
1971년 〈서울신문〉 신춘문예에 동시가 당선되고, 1973년 창주아동문학상에 당선돼, 문단에 나와 새로운 감각의 시를 많이 썼다.
동시집으로 〈크레파스화〉 〈씀바귀꽃〉 등을 펴냈다. 한국아동문학 작가상과 대한민국문학상을 받았다.

감상 : 쓸쓸함과 따뜻함이 함께 느껴지는 시다. 잎이 다 떨어진 가을날과 혼자 놀고 있는 아기새는 쓸쓸함을 느끼게 하지만, 아기새와 어깨를 나란히 하고 걸어 보고 싶다는 생각은 따뜻한 마음이 되게 한다.
즉, 쓸쓸한 가을날 혼자 된 아기새의 친구가 되고 싶다는 생각은 더없는 사랑의 마음인 것이다. 이는 자연에 대한 사랑을 나타낸 것이기도 하다.

방울꽃

임 교 순

아무도 오지 않는 깊은 산속에
쪼로롱 방울꽃이 혼자 폈어요
산새들 몰래몰래 꺾어 갈래도
쪼로롱 소리 날까 그냥 둡니다.

산바람 지나가다 건드리며는
쪼로롱 방울 소리 쏟아지겠다
산노루 울음 소리 메아리치면
쪼로롱 방울 소리 쏟아지겠다.

임교순(1938~   )
동시인. 동화 작가. 강원도 횡성에서 태어나 춘천 사범학교를 졸업하고 국민학교 교감을 지냈다.
1971년 한국일보 신춘문예에 동화가 당선돼 문단에 나왔다. 동시는 1966년 이후부터 썼는데, 주로 동요를 썼다. 소천아동문학상과 현대아동문학상을 받았다.
저서로 동화집 〈김소위와 노루〉〈텃밭에 감자꽃〉 동요집 〈방울꽃〉이 있다.

감상 : 7·5조의 동요다. 귀여움이 느껴지는 시다. '쪼로롱'이란 말로 귀엽고 예쁜 꽃의 모습을 그림과 동시에 소리가 귀에 들리는 것처럼 한 것이다. 이미 작곡되어 널리 불리기도 한다.
얼핏 보면, 재미있는 동요 같지만, 그 뒤에는 자연의 존귀함과 함께 아무도 찾지 않는 산속일지라도 철이 되면 혼자 어김없이 피는 충실함이 담겨져 있다.

유리창

권 오 훈

닦아 놓은
유리창은
아이의 마음입니다.

빠알간 꽃잠자리
꿈빛 속에 날아들고

마을도
손끝에 닦여
환히 들어섭니다.

권오훈(1937~   )

동시인. 강릉에서 태어나, 강릉사범학교를 졸업하고 국민학교 교사를 지냈다.

1975년 〈월간문학〉에 동시가 당선돼 문단에 나와, 주로 농촌과 산촌을 무대로 한 서정시를 즐겨 썼다.

동시집 〈해 뜨는 집〉과 〈해야해야〉〈아기가 만드는 해〉〈해와 함께 달과 함께〉를 펴냈다. 제11회 한정동 아동문학상을 받았다.

감상 : 말을 아낄 대로 아껴 깔끔한 시다. 그야말로 잘 닦인 유리창처럼 깨끗한 느낌을 준다.

깨끗이 닦인 유리창을 어린이의 때 묻지 않은 마음으로 본 것이라든지 '마을도 / 손끝에 닦여 / 환히 들어선다'는 표현이 그러한 느낌을 더한다.

유리창을 통해 깨끗함을 보는 시인의 시선이 곱다.

아 침

김 종 영

엄마가
돌담 우물가에서
쪽박으로
어둠을 뜹니다.

쪽박 속에 어둠이
찰랑 소리내며
동이 속에 쌓일 때마다
활짝 열리는
동이 속의 아침

동이 가득 차오는
은빛 하늘

엄마가 이고 가는 동이 속으로
해님이 삐끔 얼굴 담그고
하늘가 칫솔질하는 새떼들

소리 소리 쌓이고
햇살이 포시시 내려
세수하고 날아가는
동이 속

엄마 머리 위에서
드르륵 열리는
아침 하늘

엄마가
아침을 이고 갑니다.
눈을 비비고 일어선
파란 하늘도
이고 갑니다.

김종영 (1947~   )

동시인. 강원도 속초에서 태어나, 춘천교육대학을 나와 국민학교   교사로 일하고 있다.

1973년 〈조선일보〉 신춘문예에 동시가 당선, 문단에 나와, 동시집 〈하늘을 날아다니는 아이들〉 〈할머니 이야기〉 〈소낙비가 심고 간 하늘〉 등을 펴냈다. 한정동아동문학상을 받았다.

감상 : 농촌의 신선한 아침이 잘 그려진 시다. 아침이 오는 광경이 눈에 보이듯 그려졌다.

아침은 어머니가 우물에서 물을 긷는 데서 출발되었다. 물동이 환하게 아침이 열리고, 은빛 하늘이 비치고, 해가 떠오르고, 새떼들이 난다. 새 소리와 햇살이 동이 속에 쌓인다. 마침내 아침은 어린이처럼 눈을 비비고 깨어난다. '하늘가 칫솔질하는 새떼들' '머리 위에 드르륵 열리는 아침' '눈 비비고 일어선 하늘' 등이 빛나는 귀절이다.

생 각

하 청 호

어머니,
저기 밤하늘, 별들의 소근거림과
문풍지를 울리는 바람 소리는
언제 잠을 자나요.
얘야,
그건 너의 귀가 잠들 때란다.

어머니,
아침 숲 속에 정갈한 산새 소리들과
동네 앞 개울물은
언제 깨어나나요.
얘야,
그건 너의 귀가 깨어날 때
함께 깨어난단다,

어머니,
그럼 내 눈에 보이는 모든 것은요.
얘야,
그것은 네 귀가 잠들면 눈도 잠들고
네 귀가 깨어나면 눈도 함께란다.
마치
너의 웃음이 이 엄마의 웃음이 되고
너의 아픔이 이 엄마의 아픔이 되는 것처럼…….

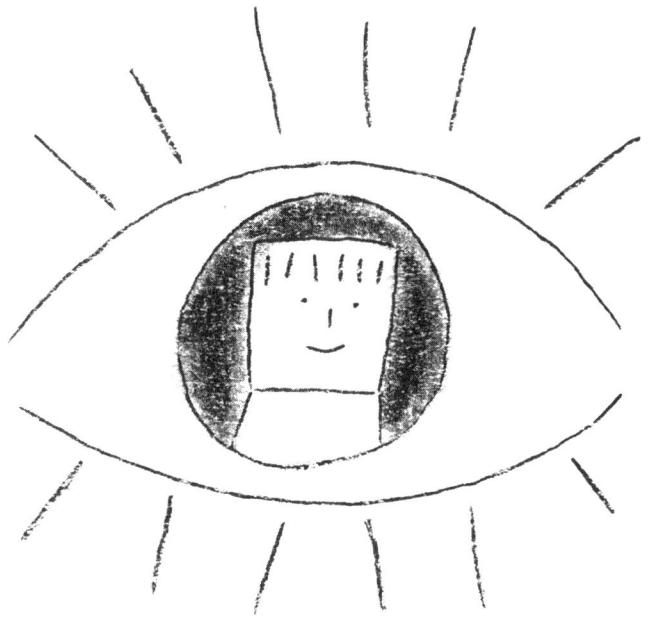

하청호(1943~   )

동시인. 시인. 경북 영천에서 태어나, 대구사범학교를 졸업하고, 한국방송 통신대학과 계명대학교 교육대학원을 수료했다.

1973년 〈동아일보〉 신춘문예에 동시가 당선되고, 76년 〈현대시학〉지에 시가 추천돼 문단에 나왔다.

동시집으로 〈둥지 속 아기새〉 〈빛과 잠〉 〈별과 선생님〉 등을 펴냈다. 세종 아동문학상, 대한민국문학상 등을 받았다.

감상 : 우리에게 생각이 없다면 눈이 있어도 보지 못하고, 귀가 있어도 듣지 못한다. 꽃이 고와도 보지 못하고, 아름다운 노래도 듣지 못한다. 이 시는 생각의 귀함을 노래했다.

생각(마음)을 열고 있으면 별의 속삭임, 문풍지 울리는 바람 소리, 산새 소리, 개울물 소리 등을 듣고 보게 된다.

이 시는 세상의 모든 빛과 소리의 있고 없음이 자신의 생각(마음)에서 비롯됨을 일깨우고 있다.

노 을

황베드로

넘어가는 해
잠깐 붙잡고,
노을이
아랫마을을
내려다본다.
새들
둥우리에 들었는지,
들짐승
제 집에 돌아갔는지,
잠자리
쉴 곳을 찾았는지.
산밭에서 수수가
머리를 끄덕여 줄 때까지
노을은
산마을에 머무르고 있다.

황베드로 (1940~   )

  동시인. 본명은 황옥련. 강원도에서 태어나, 원주여고를 졸업하고, 59년
한국 순교 복자 수녀원에 입회, 현재 수녀다.
  1973년 제 1 회 새싹 문학상을 받음으로써 문단에 나와, 동시집 〈도토리마
을〉과 〈조약돌 마을〉 〈동그란 마을〉 〈해돋는 마을〉 등 6권을 냈다.
  80년 제15회 소천아동문학상을 받았다. 주로 자연의 모습을 간결하게 그
린다.

  감상 : 해질 무렵 산마을의 풍경을 그린 시다. 그러나 풍경을 그린데 그치
지 않고, 신의 은혜 같은 걸 느끼도록 은근히 표현했다.
  노을이 '새들 / 둥우리에 들었는지, / 들짐승 / 제 집에 돌아갔는지, / 잠자리
/ 쉴 곳을 찾았는지' '산마을에 / 머무르고 있다' 는 표현에 잘 느껴진다.
  쉬우면서도 가슴을 잔잔히 적셔 주는 시다. 이런 시가 좋은 작품이다.

겨울 아침

김 재 수

날이 선 바람이
문구멍을 오리고 있었다.

해님도 아직은
산밑에 웅크리고 앉았는데

하늘은
잘 얼어붙은
유리창

금세 깨질 것 같아
던져 본 빈 팔매

"푸드드드득……"

가죽나무 맨살 가지마다
얼어붙은 날개를 떠는
참새 떼의 수선.

놀란 아침이 동산 위로
해님을
힘차게 밀어 올리고 있었다.

김재수(1947~   )

동시인. 경북 상주에서 태어나, 안동교육대학 및 한국방송통신대학을 졸업했다. 현재 중학교 교사.

1973년 〈소년〉지에 동시가 추천되고, 73년 제1회 창주아동문학상을 수상, 문단에 나왔다. 동화도 쓰고 있다.

동시집 〈낙서가 있는 골목〉 〈겨울 일기장〉 등을 펴냈다. 80년 한정동아동문학상을 받았다.

감상 : 겨울 아침 풍경을 마음 속으로 느낀 대로 그려 놓은 시다. 추운 겨울 아침이 피부에 닿는 듯하다.

'날이 선 바람이 / 문구멍을 오리고 있다.' 는 표현에서 뿐 아니라, 해님이 웅크리고 있으며, 유리창이 얼어붙었다는 비유에서도 그 느낌이 전달된다.

또 얼어붙은 날개를 떠는 참새 떼라는 비유도 그러하다. 그러나 이런 표현은 실제이기보다 시인이 마음 속으로 느낀 것이다.

바다를 담은 일기장
노 원 호

지난 여름
해변을 다녀온 일기장에
동해의 퍼런
바다가 누워 있다.

깨알 같은 글씨
바다를 읽으면
골골이 담겨진
바다의 비린내

한 잎
갈피를 넘기면
확, 치미는 파도 소리
갈매빛 바위에서
울어대는 물새 소리

아,
바다가 들어와
누운 그 자리

눈을 감아도
팽팽히 일어서는
파도 소리
우루루——

장마다
미친 듯 신이 들려
파랗게 넘치는
바다의 살점들

이제는
바다를 멀리 두고서도
바다를 껴안은 듯

일기장 구석구석
줄줄이 읽으면
바닷물이 어느새
몸에 와 찰싹인다.

노원호(1946~   )
동시인. 경북 청도에서 태어나, 대구교육대학과 한국외국어대학교 교육대학원을 수학했다. 현재 국민학교 교사.
1975년 조선일보 신춘문예에 동시가 당선돼 문단에 나왔다.
동시집 〈바다에 피는 꽃〉〈고향 그 고향에〉 등을 폈으며, 새싹문학상, 한국동시문학상, 대한민국문학상 등을 받았다.

감상 : 이 시는 신춘문예 당선작이다. 여름날 해수욕장에서 체험한 바다에 대한 기억을 일기장에 적어 두었다가 훗날 그것을 읽으며 바다의 싱싱하고 싱그런 모습을 다시 돌이킨 내용을 담고 있다.
바다에 가 보지 않은 사람도 이 시를 읽으면, 바다 풍경이 머리에 떠오른다. 그만큼 이 시는 바다를 잘 그렸다고 할 수 있겠다.

초록빛 바람이…
김 원 석

바람이
몇 날 며칠
뭐라 속삭이니까
사과 얼굴은
금세 빨개진다.

또 얼마 후에
무어라 얘기하니까
사과는
그만
힘없이
툭 —
맨땅에 주저앉는다.

미처
눈과 손이
가지 못한
구석구석을
귀신같이 찾아 핥는
바람이
오늘은
날
진종일 에워싼다.

사과만치
알아듣지도 못하는
어두운 귓가에
바람은
쉬지 않고 속삭인다.

김원석(1947~　　)
동시인. 시인. 서울에서 태어나 경희대를 수료했다.
　1974년 동시집 〈꽃밭에 서면〉을 펴내고, 1975년 〈월간문학〉 신인상에 당선돼, 문단에 나왔다. 이후 동화도 함께 쓰고 있다.
　한국아동문학상과 한국동시문학상, 소천아동문학상을 받았다. 저서로 동시집 〈초록빛 바람이…〉와 동화집 〈꼬마기자 장다리〉 등이 있다.

　감상 : 사람의 어리석음을 바람의 힘과 비교해 나타내고 있다.
　바람은 사과를 익히고 떨어지게도 한다. 그것을 얘기(말) 하는 것으로 표현했다. 바람이 정말 말을 하는 것일까? 아니다. 시인이 그렇게 느낀 것이다.
　바람은 사람의 귓가에도 속삭인다. 그러나 그걸 알아듣지 못한다. 어리석어서다. 어리석음은 '어두운 귀'로 비유되고 있다.

이른 봄에

이 상 교

나무에 새 움이 튼다.
풀빛 눈이 뜨인다.

나무 껍질을 뚫고
연둣빛 고운 부리를 내어놓는다.

바람하고 종일 지줄거릴,
햇빛하고 종일 지줄거릴.

아버지는
지난 겨울
눈 오는 병원에서 돌아가셨다.
끝내 돌아가셨다.

누군가
다스한 손끝으로
'외롭다'
라고 써 놓았던
병원 복도 유리창.

길가 나무마다
새 움이 튼다.
풀빛 부리가 돋는다.
아, 아
아버지도 그렇게 다시 오시면
좋겠다.

이상교(1949~   )
동시인. 동화작가. 서울에서 태어났다.
1974년 조선일보 신춘문예에 동시가 당선돼 문단에 나왔다. 77년부터 동화를 쓰기 시작했다.
한국동화문학상과 해강아동문학상을 받았다. 저서로 동시집 〈우리집 귀뚜라미〉와 동화집 〈옴팡집 투상이〉 〈술래와 아기별〉 등이 있다.

감상 : 가슴을 뭉클하게 하는 시다. 세상을 떠난 아버지를 그리워하는 마음이 무척 간절하다.
'새 움이 튼다. / 풀빛 부리가 돋는다. / 아, 아 / 아버지도 그렇게 다시 오시면 / 좋겠다.' 라는 끝 연에 이르면 눈시울이 뜨거워지고 가슴이 찡해 온다.
겨울에 병원에서 돌아가신 아버지가 봄이 되니 더욱 그리워져 씌어진 시다. 이처럼 그리움이 간절해야 좋은 시가 씌어진다.

발

권 오 삼

나는 발이지요.
고린내가 풍기는 발이지요.
하루 종일 갑갑한 신발 속에서
무겁게 짓눌리며 일만 하는 발이지요.
때로는 바보처럼
우리끼리 밟고 밟히는 발이지요.

그러나 나는,
삼천리 방방곡곡을 누빈 대동여지도
김정호 선생의 발.
아우내 거리에서 독립 만세를 외쳤던
유관순 누나의 발.
장백산맥을 바람처럼 달렸던
김좌진 장군의 발.
베를린 올림픽에서 금메달을 딴
손기정 선수의 발.

그러나 나는,
모든 영광을 남에게 돌리고
어두컴컴한 뒷자리에서 말없이 사는
그런 발이지요.

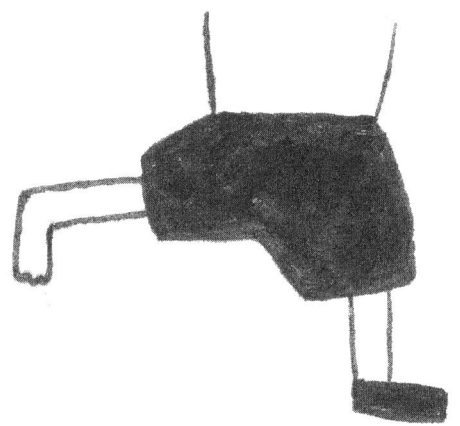

권오삼(1943~   )

동시인. 경북 안동에서 태어나, 안동사범학교를 나와 국민학교 어린이를 가르쳤다.

1975년 〈월간문학〉 신인상에 동시가 당선되고, 1976년 〈소년중앙〉 문학상에 당선, 문단에 나왔다.

주로 인간의 사랑을 바탕에 깔고 있는 작품을 쓰고 있으며, 낸 책으로 동시집 〈강아지풀〉이 있다.

감상 : 희생과 봉사의 고귀함을 일깨워 주는 시다. 그걸 발을 통해 그렸다.

고린내를 풍기고 무겁게 짓눌려 일만 하지만, 모든 영광은 남에게 돌리고, 어두컴컴한 뒷자리에서 말없이 사는 발을 들어 그걸 얘기한다.

대동여지도를 만든 김정호 선생 발이나, 유관순 누나와 김좌진 장군, 손기정 선수의 발을 그 예로 들었다. 그러면서 이 분들의 위대함도 은근히 말하고 있다.

종이꽃의 기도
전 원 범

살아 있는 모든 것들과 함께
살아가고 싶은 마음입니다.

땅에 뿌리를 내리게 해 주십시오.
땅 속 깊은 곳에 생각을 뻗치게 해 주십시오.

살은 늘 메마른 채
마음만 살아 있어요.

피가 도는 잎으로
푸른 피가 도는 그런 잎으로

몸을 움직여서
물을 먹고 싶어요.

땅 속에 뿌리를 내리게 해 주십시오.
땅 속 깊이 생각을 뻗치게 해 주십시오.

살아 있는 모든 것과 같이
살아 있는 꽃을 피우고 싶어요.

전원범 (1944~   )

동시인. 시인. 시조시인. 전북 고창에서 태어나 광주 교육대학을 졸업하고, 고려대학 교육대학원을 수료한 후, 광주 교육대학에서 일하고 있다.

1975년 〈소년중앙〉 신인상에 당선, 문단에 나왔다. 방정환문학상을 받았다. 1981년에는 한국일보 신춘문예에 시조가 당선되었다. 저서로 동시집〈종이꽃의 기도〉, 시조집〈걸어가는 나무들〉 등이 있다.

감상 : 종이꽃이 살아 있는 모든 것과 같이 살고 싶어 뿌리를 내리게 해 달라, 생각을 깊이 뻗치게 해 달라, 피가 돌게 해 달라, 몸을 움직이고 물을 마시게 해 달라고 기도를 하고 있다.

지은이는 종이꽃을 빌어 독자와 자신에게 종이꽃처럼 아무 생명력 없이 살아가는 사람이 되지 말기를 은근히 얘기하고 있다. 생명 있음의 귀함과 아름다움을 노래한 시다.

섬 마을

김 종 두

다정한 이웃들이
옹기종기 모여 산다.

김씨, 이씨, 박씨…
성씨는 달라도
그물코 얽어지듯
연분을 맺고 살아가는
섬마을 사람들.

앞집은 큰댁
뒷집은 작은댁
한 집 건너 이모네
그 옆에
외할머니 살고 계시는
외갓집

담 넘어 오가는
박넝쿨처럼
좋은 일 궂은 일 함께 사는
섬 마을은
모두 다정한 이웃
내 이웃들이다.

김종두 (1939~   )
  동시인. 제주시에서 태어나, 광주교육대학을 졸업. 현재 제주북국민학교 교감으로 근무하고 있다.
  1976년 〈소년〉지에 동시로 추천을 받아 문단에 나온 후 '해님이 사는 꽃밭' '달려오는 아이들' '동그라미 하늘' 등 동시집을 내었다.
  대표작으로 '놀이터' '섬마을' 등이 있으며 한국아동문학상을 받았다.

  감상 : 평화로운 섬마을의 모습을 노래한 시다. 이 시를 읽으면 섬마을의 정겨운 모습과 따뜻한 인정을 떠올릴 수 있다. '그물코 얽어지듯 / 연분을 맺고 살아가는 / 섬마을 사람들' '담 넘어 오가는 / 박넝쿨처럼 / 좋은 일 궂은 일 함께 사는' 같은 표현은 자연스러우면서도 섬마을의 정겨움을 그럴 듯하게 비유하고 있다.
  좋은 시는 이처럼 읽으면서 함께 느낄 수 있어야 한다.

나무 밑에서

함 종 억

꽃이 지면
나무는
엄마한테 꾸중 듣고
울고 섰는
아이 같다.

그러나
푸른 잎새 뒤에
숨겨 놓고 키우는
작은 열매를

누가
알기나 하겠어요?

함종억 (1938~   )

동시인. 강원도 홍천에서 태어나, 한국방송통신대학을 졸업하고, 국민학교 교감을 지냈다.

1976년 〈아동문예〉에 동시가 추천되어 문단에 나왔다. 아동문예작가상과 한국동시문학상을 받았다.

대표작은 '하얀 그림' 등. 저서로 동시집 〈아침에 온 가을〉 〈하얀 동그라미〉 등이 있다.

감상 : 쉬운 시다. 별 무리없이 읽힌다. 시인은 나무 아래 서서 생각에 잠긴다. 꽃이 진 나무가 좀 쓸쓸해 보인다. 마치 꾸중 듣고 선 아이 같다.

그러나 가만히 보니 작은 열매를 맺고 있는 게 아닌가. 놀랍다. 그걸 미처 생각지 못했구나.

시인은 이런 생각을 하며, 꽃이 진 뒤 열매를 고이 숨겨 키우는 나무의 지혜 내지는 슬기를 배우고 있는 것이다.

골이 깊은 산
최 도 규

산이 높아
깊어진 골짜기

골이 깊어
높아진 산

구름도 어지러워
한나절을 돈다.

잘 익은 햇살이
굴러 내릴 땐
산그늘이 달아나고
망울진 메아리로
푸르게만 터지는 소리
아!
청아한 새 소리

오늘도
바람을 보내
하늘
파아랗게 쓸어 놓고
마알간 도랑물에서
높이를 잰다.
골이 깊은 산.

최도규 (1943~1992)

동시인. 시조시인. 강원도 강릉에서 태어나 상지대 행정학과를 졸업하고, 국민학교 교사를 지냈다.

1976년 〈아동문예〉에 동시를 추천 받고, 1977년 〈월간문학〉 신인상에 동시가 당선 문단에 나왔다. 1980년에는 〈시조문학〉에 시조를 추천 받았다.

한정동 아동문학상을 수상했다. 저서로 동시집 〈교실 꽉 찬 나비〉 〈이사 가던 날〉 〈할머니 이야기〉 등이 있다.

감상 : 이 시에는 산과 골짜기와 구름 · 해 · 산그늘 · 메아리 · 새 소리 · 바람 · 하늘 · 도랑물이 어우러져 한 폭의 풍경화를 보는 듯한 느낌을 준다.

산이 높고 골짜기가 깊어 ‘구름도 어지러워 / 한나절을 돈다.’ 잘 익은 햇살, 망울진 메아리, 푸르게 터지는 새 소리가 무척이나 싱싱하게 느껴진다.

그래서 하늘도 파랗다. 도랑물이 맑다. 도랑물에 비친 산그림자도 뚜렷하다.

가을 소년

윤이현

하늘 파아랗게
높아 오르고

가을 바람 살랑
가슴 닿으면

내 마음 어딘가로
떠나고 싶어요.

들국화 하얗게
웃음 날리고

한 조각 흰구름
흘러갈 때면

나는야 작은 새 되어
날아오릅니다.

윤이현(1941~   )
동시인. 전북 남원에서 태어나 전주사범과 전주대학을 나와 국민학교 교장
으로 근무하고 있다.
1976년 〈아동문예〉에 동시가 천료된 뒤 동시집 〈가을, 가을 하늘〉〈바람 속
에서〉 등을 내었고, 전북아동문학상, 한국아동문학작가상을 수상하였다.

감상 : 가을이 오면 하늘이 파아랗게 높이 오르고 들국화도 하얗게 웃음을
날린다. 어린 시절 소년은 여러 가지 생각을 하고 있다. 〈가을 바람 살랑 /
가슴에 닿으면 // 내 마음 어딘가로 / 떠나고 싶어요〉〈한 조각 흰구름 / 흘러갈
때면 // 나는야 작은 새 되어 / 날아 오릅니다〉라는 노래를 부른다.

새들을 위해

박 두 순

겨울의 길목에서
오들오들 떨고 섰을
어리고 작은 새들을 위해

들판 구석 자리에
산기슭 풀섶에
풀열매들이 영근다.

숲 속 가시덤불의
산망개 몇 알도 **빨갛게** 맛이 든다.

가을이 우리들 과일 바구니에
호두알을 준비하듯

어린 새들의 떨리는 체온을 위해
가을걷이 하는 날

바람은
욕심스런 사람들 손으로부터
낟알곡 몇 알쯤 떨구어 두며

그들의 지게 위에서도
또 낟알 몇 개를 내려
길섶에 숨긴다.

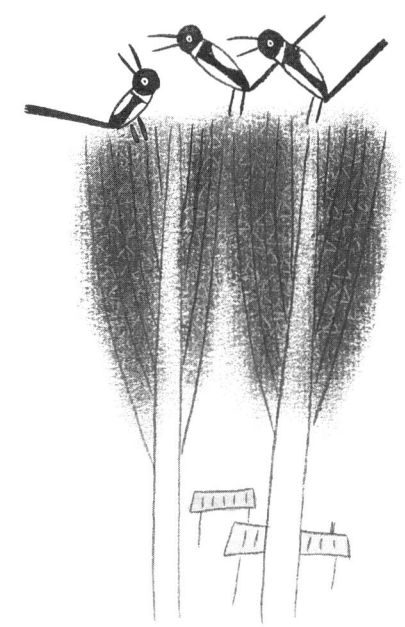

박두순(1949~   )
　동시인. 경북 봉화군에서 태어나, 대구교육대학을 졸업하고, 국민학교 교
사를 거쳐 한국일보사 소년한국일보 기자로 일하고 있다.
　1977년 〈아동문예〉〈아동문학평론〉에 동시가 추천돼 문단에 나와, 1985년
한국아동문학상과 대한민국문학상을 받았다.
　저서로 동시집 〈들꽃과 우주 통신〉〈풀잎과 이슬의 노래〉, 시집 〈그대를
적시는 빗소리〉 등이 있다.

　감상 : 자연의 은혜로움을 노래한 시다. 어린 새들을 위해 풀열매, 산망개
가 영글고 곡식이 익어 이를 새들이 먹도록 한다는 내용이다.
　그것은 자연의 흐름이지만, 뜻을 곁들여 그렇게 표현한 것이다.
　특히 마지막 2개 연에서 그것이 확실히 드러난다. 바람이 사람들 손과 지
게로 부터 난알곡을 떨어뜨려 둔다는 것은 그것을 강조하기 위한 장치다.

들에서

공 재 동

누가
나를 부른다.

돌아다보아도
돌아다보아도

들녘에
마구 핀
풀꽃 무더기

누가
내게 손짓한다.

가까이
가까이
다가가 보면

기억처럼
멀어지는
억새풀 하얀 손.

공재동(1949~　　)
　동시인. 시조시인. 경남 함안에서 태어나 부산교육대학을 졸업하고, 국민학교 어린이들을 가르치고 있다.
　1977년 〈아동문학평론〉에 동시가 추천되고, 1979년 〈중앙일보〉 신춘문예에 시조가 당선돼 문단에 나왔다. 세종아동문학상을 받았다.
　저서로 동시집 〈꽃밭에는 꽃구름 꽃비가 내리고〉〈별을 찾습니다〉 등이 있다.

　감상 : 들녘에 난 길을 걸어가고 있는데 누군가 부르는 듯한 소리가 들린다. 돌아보아도 아무도 없다. 다만 풀꽃들만 피어 있다. 아, 이것이었구나. 바로 이 풀꽃 무더기가 손짓을 했구나.
　시인은 그제서야 풀꽃이 불렀음을 느끼게 된다. 이런 부름을 듣는 마음의 귀가 소중하다. 그런데, 그 소리에 끌려 다가가니 옛날의 아득한 기억처럼 억새풀이 하얗게 보인다. 매우 수준 높은 비유다.

조약돌

이 무 일

수천 년을
갈고 닦고도
조약돌은 아직도
물 속에 있다.

아직도
조약돌은
스스로가 부족해서

물 속에서
몸을 씻고 있다.
스스로를 닦고 있다.

이무일 (1940~1992)
　동시인. 경북 상주에서 태어나 안동사범학교를 졸업하고, 국민학교 교사를
지냈다.
　1969년 〈소년〉지에 동시 '눈 오는 날'이 추천돼 문단에 나와, 동시집 〈참
새네 칠판〉〈봄 오는 길〉 등을 펴냈다.
　85년 한정동아동문학상을 받았다. 대표작은 '빈 그릇' '호박덩굴 이야기'
등.

　감상 : 어린이나 어른이나 허물 없는 사람은 없다. 이 시는 쉬지 않고 마음
의 허물을 씻어내기를 권하고 있다.
　조약돌이 그렇게 반들반들하게 되기까지는 아마 수 천년이 걸렸으리라. 그
러고도 무엇을 씻어내고 닦을 것이 있는지 스스로가 부족하다고 생각하며 냇
물에 몸을 씻고 있는 것이다. 우리도 스스로를 돌아보고 마음의 찌꺼기나 때
를 끊임없이 닦고 씻어 내기를 이 시는 은근히 바라고 있다.

어머니

남 진 원

사랑스런 것은
모두 모아
책가방에 싸 주시고,

기쁨은 모두 모아
도시락에 넣어 주신다.

그래도 어머니는
허전하신가 봐.

뒷모습을 지켜 보시는 그 마음
나도 알지.

남진원 (1953~   )
동시인. 시조시인. 강원도 정선에서 태어나, 강릉교육대학과 한국방송통신대학을 졸업했다.
1977년 동시가 〈아동문예〉에 추천되고, 1980년 〈월간문학〉에 시조가 당선돼 문단에 나왔다.
저서로는 동시집 〈싸리울〉, 시집 〈나비, 청산의 나비〉 등을 펴냈다. 대표작은 '저녁 마을' '시골집' 등.

감상 : 어머니의 끝없는 사랑을 노래한 시다. 주어도 주어도 남아 있는 어머니의 사랑을 이 시를 읽으면 가슴 가득 밀려 온다.
어머니는 사랑스런 것, 기쁨은 모두 책가방과 도시락에 싸 주고 넣어 준다. 말하자면 어머니의 모든 것을 자식에게 준다는 뜻이다. 그래도 무얼 덜 주었는지 허전하다. 그래서 뒷모습을 지켜 보고 있다. 이 자체가 넉넉한 사랑한 마음이다.

호 수

정 석 영

바람이 잠자는 날
호수도 잠을 잔다.

들여다보면
화안히
꿈이 보인다.

산 뿌리에
돋아난
산,
산 아래로
구름이 가고,

구름 아래
깊숙히 깔린
하늘 멀리서

—— 뻐꾸욱 !
여름이 온다.

정석영 (1939~   )

동시인. 경북 영천에서 태어나, 독학을 했다. 지금은 스님이다.

1977년 〈아동문예〉 동시가 추천돼 문단에 나왔다. 1978년   동시문학상을 받았다. 주로 불교 정신을 바탕으로 한 시를 썼다.

저서로 동시집 〈하늘과 땅 사이에 내가〉 등을 펴냈다.

감상 : 바람이 없는 호수를 들여다보면 온 세상이 고요한 것 같다. 그래서 마음 속의 꿈도 보인다.

호수에 구름이 둥실 떠 가고 산이 내려와 잠겼다. 거기서 뻐꾸욱 ! 뻐꾸기 노래가 들려 온다. 하늘 멀리서. 그것은 산에서 오는 소리지만 호수에 산과 하늘, 구름이 비쳐 있기 때문에 그렇게 느끼는 것이다. 철 바뀌는 길목이어서 여름이 성큼 온 것도 느껴진다.

꽃이 내게로 와서
신 갑 선

꽃이 내게로 와서 말을 건다.
이 세상에서
가장 아름다운 것은 무엇인가

글쎄
꽃보다 아름다운 게
이 세상에 또 있다면 그것은

꽃보다 더 고와지고 싶고
꽃보다 더 귀여움 받고 싶은
우리들 마음일 게다.

우리도
꽃들처럼
언제나 활짝활짝 웃고
모든 사람들에게
듬뿍 향기를 줄 수만 있다면
언젠가는
우리들도 송이송이 꽃이 될 게다.

모두를 사랑하고
모두에게 사랑받는

먼 훗날의 꽃이 될 게다.
아름다운 꽃이
될 게다.

신갑선 (1948~   )
　동시인. 시인. 충북 제천에서 태어나, 국민대 국어교육학과를 수료했다.
　1977년 제 6 회 창주아동문학상을 수상하고, 같은 해 〈현대시학〉에 시가 추천돼 문단에 나왔다.
　86년 한국아동문학 작가상을 받았다. 저서로 동시집 〈꽃〉과 시집 〈변두리 풍경〉이 있다.

　감상 : 이 시를 읽노라면 우리는 아름다운 마음을 지니고 살아야겠다는 생각을 하게 된다. 이 시가 향기로운 마음이 세상에서 가장 아름답다고 속삭이고 있어서다.
　꽃도 아름답다. 그보다 더 아름다운 것은 '모든 사람들에게 / 듬뿍 향기를 줄 수 있는' 마음이라고 이 시는 얘기한다. 그런 마음이면 아름다운 꽃이 될 거라고 시인은 잔잔히 노래했다.

늦가을

최 만 조

눈부시게 솟아난
무지개 한줄기
소나기로 내리고 있다.

미루나무 숲길이
가을 하늘
더 밀어 올리고
들판을 떠나고 있다.

구릿빛 땀에 그을린
토실토실한 햇살
지게에 담고
집으로 돌아가고 있다.

들새들이 해종일
마구 밟고 떠난 산밭에서
소슬바람 혼자서
가을갈이를 하고 있다.

최만조(1934~   )
동시인. 경남 산청에서 태어나 진주사범과 한국방송통신대학을 졸업했다.
국민학교 교감으로 근무하고 있다.
1977년 〈아동문예〉에 동시가 천료되어 문단활동을 하고 있다.
저서로 동시집에 〈을숙도 아이들〉〈봄비의 마음〉 등을 내었다.
부산아동문학상, 해강아동문학상, 한국동시문학상을 수상했다.

감상 : 늦가을의 미루나무는 힘껏 가을 하늘을 밀어 올리고 있다. 그리하여
가을 하늘이 유난히 높아 보인다.
　여름 햇살에 토실토실 익은 벼이삭도 지게에 얹혀 집으로 돌아간다.
　가을 들녘은 더욱 쓸쓸하다.
　소슬바람이 가을갈이를 하고 있는 정경을 보며 떠남과 기다림을 생각하며,
시인도 모두 다 떠난 늦가을 들녘에서 가을갈이를 하고 있다.

산 길

허 호 석

들을 빠져 나온 길들과
마을을 빠져 나간 길들이
산을 오른다.

산새들이 놓아 가는 길을 따라
덤불 속에도 얽히며

작은 꽃들이 트여 놓는
샛길 따라
풀숲에도 젖고

짐승들이 내어 준
푸른 발자국을 만나면
물소리가 풀어 주는
맑은 귀도 쫑긋 선다.

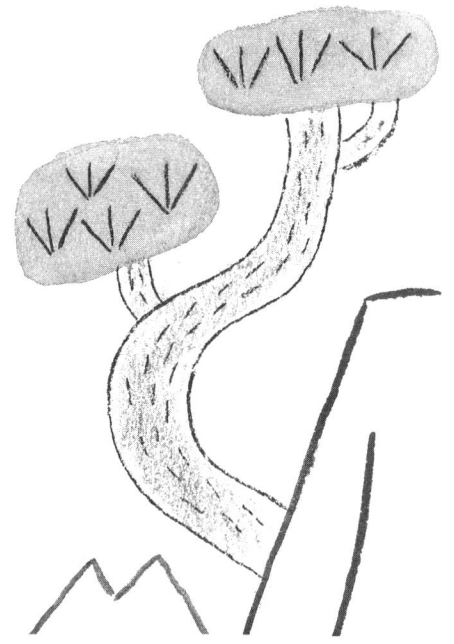

허호석 (1937~   )

동시인. 전북 진안에서 태어나, 서울 문리대 사범대학을 졸업하고, 국민학교 어린이들을 가르치고 있다.

1978년 〈아동문예〉에 동시가 추천돼 문단에 나왔다. 1983년에는 〈월간문학〉신인상에 동시가 당선되었다.

계몽아동문학상을 받았다. 저서로는 동시집 〈하얀 나비〉〈산울림〉〈불꽃놀이〉 등이 있다.

감상 : 산길의 아름다움이 눈앞에 선히 떠오르게 하는 시다. 그런 길을 걷고 싶은 마음이 들게 한다.

생각도 새롭다. 산길이 들과 마을에서 빠져 나왔다는 상상력이 그것이다. 덤불도 지나고 산새들, 꽃들이 트여 놓은 산길. 그런 곳에서 맑은 골짝물 소리를 들으면 마음이 트이고 맑아진다. 그걸 '맑은 귀도 쫑긋 선다'라고 표현했다.

내 가슴엔

정 혜 진

친구야,
내 가슴엔
얼굴이
가득 채워져 있단다.

친구야,
내 가슴엔
눈동자가
가득 담겨져 있단다.

친구야,
내 가슴엔
목소리가
가득 고여져 있단다.

정혜진 (1949~   )
　동시인 · 동화작가.　전남 고흥에서 태어나 한국방송통신대학,　조선대 대학
원을 졸업했다.　국민학교 교사로 재직하고 있다.
　1977년 〈아동문예〉에 동시가 천료되고 〈광주일보〉 신춘문예에 동화가 당
선되었다.
　저서로 동시집에 〈꽃목걸이〉 〈아버지의 돌탑〉 〈빛깔로 크는 바다〉　등과
동화집에 〈해바라기의 꿈〉이 있다. 아동문예작가상, 한정동아동문학상을 받았다.

　감상 : 참되게 자라나고,　열심히 일하며 땀 흘리며 사는 것은 아름다운　일
이다. 이리하여 내 가슴이 아름다우면 친구들도 내 가슴에 아름답게 보인다.
　'친구야, / 내 가슴엔 / 얼굴이 / 가득　채워져 있단다. // ……눈동자가 / 가득
담겨져 있단다. // ……목소리가 / 가득 고여져 있단다.'
　이토록 섬세하고 아름다운 표현의 시가 나올 수 있단다.

까치 집

정 용 원

미루나무 꼭대기
반쯤 지은 까치 집
아빠까치는 서까래 구하러 가고
엄마까치는 솜털 담요 사러 간 사이

"주추와 기둥은 튼튼한가?"
바람은 한바탕 흔들어 보고
"아기까치 태어나면 둥지 안은 포근한가?"
봄 햇살은 뱅그르르
둥지 안을 돌아본다.

정용원(1944~   )
동시인. 경북 안동에서 태어나, 안동사범학교를 졸업하고, 국민학교 교장으로 일하고 있다.
1978년 〈아동문학평론〉에 동시가 추천돼 문단에 나와, 83년 현대아동문학상을 받았다.
저서로 동시집 〈고향 그 옛강〉〈어머니 우리 어머니〉〈이렇게 살아갈래요〉 등이 있다.

감상 : 봄이 되니 까치들도 집짓기에 바쁘다. 서까래를 구해 오고, 솜털 담요 사 오고…… 새로 태어날 새끼가 포근하게 자랄 둥지를 마련하기 위해서 말이다.
마치 사람의 세상에 있는 이야기 같다. 까치의 세상을 사람의 세상과 같이 보았기 때문이다. 그래서 읽는 이들이 고개를 끄덕이게 된다. 이것은 사랑의 마음에서 출발된다. 까치의 새끼 사랑을 통해 부모의 자녀 사랑을 그리고 있다.

나무들이

손 광 세

나무들이
뚝딱뚝딱 망치질을 한다.
초록빛 바람이 쉬어가라고
두 다리 토당거리며
노래를 부르고
재재갈 재재갈
맘껏 떠들다 가라고
의자를 만든다.
순한 빗방울도 앉았다 가고
목빛 고운 새들도
머물다 가라고
나무들이
작은 의자를 만든다.
참 많이도 만든다.

손광세(1945~   )
　동시인. 일본에서 태어나 경남 진주에서 자랐다. 진주 교육대학을 졸업하고, 국민학교 어린이들을 가르치고 있다.
　1978년 〈아동문예〉에, 〈아동문학평론〉에 동시가 추천돼 문단에 나왔다. 「한국아동문학상」을 받았다.
　저서로 동시집 〈이태리 포플러 숲길을 걸으면〉 등이 있다.

　감상 : 숲 속에서 새들이 노래 부르며 노는 정겨운 광경이 그려져 있다. 새들이 날아다니는 모습이 어린이들이 노는 모습에 비유되었다. 다리를 토당거린다든가, 재재갈 떠든다는 표현이 그것이다.
　자, 이렇게 놀자면 의자가 필요하다. 새들의 의자는 나뭇가지이다. 나무가 가지를 뻗어 준다. 그걸 의자 만드는 것으로 상상해 본다. 그 나뭇가지에 비도 내리고, 바람도 불어간다.

맑은 날

손 동 연

가을은 저 혼자서도
잘 논다.

앞으로 나란히 나란히 줄지어 선 옥수수들에게로
— 어디 보자,
뻐드렁니가 났나
안 났나?

치과 의사 같은 햇볕이 찾아가
들여다보기도 하고

심심하면
아무 곳에나 고추잠자리 떼를
풀어 놓기도 한다.

가을은 그렇게
가을끼리 잘 논다.

손동연 (1955~   )
 동시인. 시인. 시조시인. 전남 해남에서 태어나, 조선대 국문학과를 졸업
하고, 고등학교 교사를 지냈다.
 1978년 〈아동문예〉에 동시가 추천되고, 83년 〈동아일보〉에 시조가, 85년
〈서울신문〉에 시가 당선돼 문단에 나왔다. 한국동시문학상과 대한민국문학상
을 받았다. 저서로 동시집 〈그림 엽서〉와 동시화집 〈뻐꾹리의 아이들〉 등이
있다.

 감상 : 맑은 가을 날의 아름다운 풍경을 이야기하듯 자연스럽게 그렸다.
 고추잠자리가 떼 지어 날아다니고, 곡식들이 익은 들판에 옥수수들이 키
자랑하듯 늘어서 있다. 햇볕은 밝게 비치고 있다. 옥수수알 사이에도 환히
비춘다. 이런 정경을 '가을은 저 혼자서 잘 논다.'고 나타냈다. 얼마나 좋은
표현인가. 또 '가을은 가을끼리 논다.'고도 멋드러지게 표현했다.

옥수수밭에 가면

김 진 광

옥수수밭에 가면
울며 보채는
아기를 업은
우리 어머니들을 만난다.

아기만이 아니다.
배고파 우는
형도
누나도
나도
데불고
비탈밭에 섰다.

7월의 옥수수밭에 가면
울며 보채는
아기를 업은
땡볕의 어머니를 만난다.

김진광(1951〜   )
　동시인. 강원도 삼척에서 태어나 관동대학교 졸업. 중학교 교사로 근무 중이다.
　1978년 〈소년〉지에 동시가 추천되어 문단에 나왔다. 서사시 '시루뫼 마실 이야기'를 써 한국동시문학상을 받았다.
　대표작은 '감나무골 아이' '그네' 등. 저서로 동시집 〈바람개비〉 등이 있다.

　감상 : 고생스럽게 살아오며 자식을 키운 어머니의 모습을 눈앞에 떠올리게 하는 시다.
　배고파 보채는 형제들(형·누나·나)의 배를 채워 주기 위해 땡볕도 무릅쓰고 일하는 어머니의 모습을 아기를 업은 듯한 옥수수에다 빗대어 표현했다. 비유가 매우 좋다.
　옥수수가 서 있는 시골 비탈밭의 풍경도 눈앞에 떠오른다.

아이들 곁에서

권 명 희

아이들이 자라고
그 곁에서
엄마 꿈도 함께 자라나고,

여긴
알록달록한
고운 꽃들이 피어나는
참 요란한 정원.

아빤
잎 무성한 나무숲이 되고
엄만
파릇한 잔디가 되어 줄게

무지개빛 고운 마음으로
뿌리를 내리렴

햇살의 은혜로운 손길이
꿈꾸는 네 머리맡에
오색 찬란한 꽃빛깔로
물들여 줄게다.

권명희 (1952~   )
  동시인. 경북 영덕에서 태어나 안동교육대학을 졸업하고 국민학교 교사로
재직하고 있다.
  1978년 〈아동문예〉에 동시를 천료받아 종교적 바탕 위에 모성적 애정의 동
시를 쓰고 있다.
  저서로 동시집 〈아이들 곁에서〉를 펴내고 아동문예작가상을 받았다.

감상 : 아이들이 몸도 자라고 꿈도 자라서 따뜻한 사랑으로 감싸주고 싶다.
  '아빤 / 잎 무성한 나무숲이 되고 // 엄만 / 파릇한 잔디가 되어 줄게.'
  이러한 표현은 아이를 위해 아빠, 엄마로서 깨끗하고 아름답게 도와주고
싶은 마음이다.
  아이를 위한 아름다운 마음과 꿈을 동심의 숲속에서 잘 그려내고 있다.

바늘귀

권 영 상

단추 하나라도
우선 네 작은 귀를 빌려야 한다.

아무리 급하여도
네 귀는
바쁘게 소리치면 듣지 못한다.
손나팔을 하고
먼 데 메아리를 부르듯
외쳐도 못 듣는 너는

정작 가만 가만히
속삭이면 얼른 듣는다.

귀에 가까이 눈을 두고
다정한 손길로 실 끝을 건네면
언제나 선뜻 빌려 준다.
네 작은 귀.

권영상(1953~   )
  동시인. 강원도 강릉에서 태어나, 관동대학 국어과를 졸업하고, 중학교 교사로 근무하고 있다.
  1979년 〈아동문예〉에 동시가 추천되고, 82년 〈소년중앙〉문학상에 당선돼 문단에 나왔다.
  한국 동시문학상과 새싹문학상, 세종아동문학상을 받았다. 저서로 동시집 〈납작납작한 코끼리〉 〈밥풀〉 등 6권.

  감상 : '목소리를 한층 낮추어 보자.' 이 시는 은근히 그런 얘기를 하고 있다. 바늘에 실을 꿸 때를 비유해서 말이다.
  소리치지 말고 가만 가만 속삭이면, 다정한 손길로 다가가면 일이 쉽게 풀린다는 뜻을 이 시는 담고 있다. 생각지도 못했던 일들도 그렇게 하면 쉬이 풀려 나간다.
  '목소리를 낮추고, 남의 의견에 귀를 기울이고 살자'는 것이 이 시의 숨은 뜻이다.

해와 꽃

박 일

해가 뜨는 것은
가장 고운 색깔을
꽃잎에게 드리기 위해서다.

그래서,

꽃밭이 흩어진
시골 끝까지
햇살을 데리고 가 준다.

꽃잎이 있는 것은
가장 고운 해님을
우리에게 보이기 위해서다.

그래서,

가난한 도시의
우리 집까지
꽃잎을 데리고 와 준다.

박 일 (1946~   )
　동시인. 경남 삼천포에서 태어나, 진주 교육대학과 동아대학교를 졸업했다. 지금은 고등학교 교사.
　1979년 〈아동문예〉에 동시가 추천돼 문단에 나왔다. 계몽사어린이문학상과 한국아동문학상을 받았다.
　대표작은 '우리집 아침' 등. 저서로 동시집 〈풀빛 고향바다〉와 〈백두산에 올라서서〉가 있다.

　감상 : 해의 고마움 내지는 자비로움을 노래했다.
　해는 가장 고운 색깔을 꽃잎에게 드리려고 시골 끝까지 햇살을 데리고 간다. 이것은 사실이 아니다. 어디나 골고루 쪼이는 햇살을 아름답게 표현하기 위한 것이다.
　꽃잎은 가장 고운 해님을 보이기 위해서 도시의 집까지 꽃잎을 데리고 온다. 이도 같은 표현 방법이다.

겨울 햇살

박 성 만

어린
겨울 햇살은
걱정도 많습니다.

여기저기 기웃거리며
잘 있어요?
별일 없지요?

시냇물 속의 피라미에게도
갈색무늬 다슬기에게도
인사합니다.

들길의 꽃씨와
여린 풀뿌리도 춥지 않을까

시린 손 호호 불며
짧은 해종일
조금씩 데워 놓고 다닙니다.

어린
겨울 햇살은
할 일도 참 많습니다.

박성만 (1955~   )
  동시인. 전남 보성에서 태어나 광주에서 자랐다. 1980년 〈전남매일〉과 〈조선일보〉 신춘문예에 동시가 당선되어 문단에 나왔다. 어린이 서사시집 〈지금 싸움이 한창 급하니〉를 출간하고 〈동심의 달력〉을 내기도 했다. 제 8 회 한국동시문학상을 수상하고 지금 치과의사로 개원 중이다.

  감상 : 겨울 햇살은 아름답고 좋은 생각을 하고 있다.
  '여기저기 기웃거리며 / 잘 있어요? / 별일 없지요? / 걱정을 하고' '시냇물 속의 피라미에게도 / 갈색무늬 다슬기에게도 / 인사를 합니다.'
  꽃씨와 풀뿌리가 춥지 않을까 걱정을 하며 조금씩 데워 놓고 다니는 겨울 햇살의 마음은 아름답고 곱다.
  시를 쓰는 마음은 좋은 생각을 갖는 마음이다.

가을은

정 두 리

꽃이
예쁘지 않는 일은 없다.
열매가
소중하지 않는 일도 없다.

하나의 열매를 위하여
열 개의 꽃잎이 힘을 모으고
스무 개의 잎사귀들은
응원을 보내고

그런 다음에야
가을은
우리 눈에 보이면서
여물어 간다.

가을이
몸조심하는 것은
열매 때문이다.
소중한 씨앗을 품었기 때문이다.

정두리 (1947~   )
동시인. 시인. 경남 마산에서 태어나, 단국대 국문학과를 졸업했다.
1982년 시가 〈한국문학〉에 추천되고, 84년 〈동아일보〉 신춘문예에 동시가
당선돼 문단에 나왔다.
시집 〈바다에 이르는 길〉 등 4권과 동시집 〈꽃다발〉 〈어머니의 눈물〉 등
3권을 냈다. 「세종아동문학상」과 「새싹문학상」 등을 받았다.

감상 : 가을의 아름다움이 물씬 풍겨 오는 시다. 그 아름다움은 고귀함과도
뜻이 통한다. 왜 고귀한가? 씨앗(열매)을 품고 있어서다. 이 시에서는 그것
을 소중함으로 표현하고 있다.
그 열매 때문에 꽃잎이 힘을 모으고, 잎사귀들은 응원을 보낸다고 시인은
생각한다. 이것은 상상력에 의해 얻어진 것이다. 의인화시켜 시가 더 재미있
다.

봄 비

강현호

봄비가 물구나무선 자리
봄비 손바닥만한
새 움이 트고,

봄비가 앙감질한 자리
봄비 발자국만한
꽃망울이 맺고,

봄비가 뒹굴고 간 자리
봄비 엉덩이처럼
새파랗게 멍든 새싹들이
여기저기 돋네.

강현호(1943~   )
　동시인·동화작가. 경남 진주에서 태어나 진주사범, 동아대 대학원을 졸업하였다. 부산교육연구원 연구사로 근무하고 있다.
　1979년 〈아동문예〉에 동시가 천료되고, 1982년 〈조선일보〉 신춘문예에 동화가 당선되었다.
　저서로 동시집 〈메아리를 부르는 아이〉〈사과밭과 가을 굴렁쇠〉 등을 내었고, 아동문예작가상, 해강아동문학상 등을 받았다.

　감상 : 봄비가 물구나무 서고, 앙감질하고, 뒹군다는 시적인 상상력이 아름답다.
　봄비의 손바닥과 발자국, 그리고 엉덩이를 발견한 것은 뛰어난 상상력의 산물이라고 할 수 있다.
　파랗게 돋아난 새싹들을 보며 희망의 존재로서 자연과의 관계를 맺는다.
　봄비로 인해 일어나는 감동은 잔잔한 파문을 일으키고 커다란 감흥을 주고 있다.

풀씨를 위해

이 창 건

봄하늘 구름은
빨리 봄비가 되고 싶다
바위틈 살며시 스며들고 싶다
땅 속 촉촉히 젖어들고 싶다.
바위틈 여기저기 끼인
흙 속 여기저기 묻힌
지금 막 눈 뜰
이름 모르는 풀씨를 위해.

이창건(1951~   )
　동시인. 강원도 철원에서 태어나 춘천 교육대학을 졸업하고 국민학교 교사로 근무하고 있다.
　1982년 〈아동문예〉에 동시가 추천되어 문단에 나왔다. 한국 아동문학상과 대한민국 문학상(아동문학 신인상)을 받았다.
　대표작은 연작 동시 '강' 등. 저서로 〈풀씨를 위해〉 〈새순〉 등이 있다.

　감상 : 남을 위해 좋은 일을 하려는 마음이 잘 드러나 있다. ～를 하고 싶다는 말이 3번이나 나오는 것이 그걸 잘 말해 준다.
　구름은 빨리 비가 되고 싶다. 바위틈, 땅 속, 흙 속에서 싹 트는 풀씨를 위해서인 것이다.
　남을 위해 살자는 훌륭한 마음이다. 그런 마음으로 참 즐거움을 맛보며 살아가자는 이야기를 이 시는 하고 있다.

동시 여행

한국명작동시마을

발행일 · 2003년 5월 20일 (1판 2쇄)

엮은이 · 박 두 순

그린이 · 김 천 정

펴낸이 · 박 종 현

펴낸곳 · 아동문예

등록일 · 1987년 12월 26일 (제1-609호)

창립일 · 1977년 6월 27일 (마-36호)

편집부 · ☎ 995-0071~3

영업부 · ☎ 995-1177

　　　 Fax 904-0071

e-mail │ adongmun@naver.com

e-mail │ adongmun@hanmail.net

homepage │ www.adongmun.co.kr

(132-033) 서울시 도봉구 쌍문3동 315-402

은행지로 · 3005853

만든 사람들 · 박옥주 · 이연자

값 6,000원

ISBN 89-7798-021-6

*저자와의 협의에 의해 인지는 생략함.